論創ノベルス

千年捜査

Ronso Novels 008

安斉幸彦

論創社

目次◎千年捜査

序　章　昭和の少年

決意の中で

田代水丸は、小走りで東北東に向かっていた。

その範囲は、確実に絞られつつあった。

奴らは、この界隈の建物のどこかに潜んでいる。計算上では四〇メートル以上の高さの建物だ。探しきれない数ではない。あとは、時間との勝負だった。走りながら、腕時計を見る。時計の針は、綺麗な直角を作っていた。ちょうど、午前九時だ。あと一時間しかない。だが、車が使えないから、走るしかない。車が一台も走っていない六本木の街は、まるでゴーストタウン化した別世界にいるような感覚にさせられる。

小走りとはいえ一〇分も経過すると、さすがに息が上がってきている。

背中で小刻みに揺れるバックパックには、ろくなものしか入っていない。時間がなかったとはいえ、拳銃を調達できなかったことが今さらに悔やまれた。

はたして、丸腰であんな奴らと対峙できるのだろうか。相手は、ためらいなく人を殺せる連中だ。しかも、確実に武器を携帯している。

やられるかもしれない。いや、その可能性の方が高い。

だが、何としてでも阻止しなければならなかった。たとえ、自分の命に代えてでも。その選択に悔いはなかった。

そう決意を新たにした時に、もう一つ、走る体と一緒に揺れているものに気づいた。

首からかけているペンダントだ。幼い頃に母にもらったものだ。田代は、おもわずシャツの上から、そのペンダントを握りしめていた。

母が心に語ってきた。必ず、生き延びろ、と。おまえにはまだ、やり残していることがあるだろう、と。そう語られた時に、田代の脳裏にもう一人の女性の顔が浮かんだ。

愛しい人だ。母の言う通りだった。彼女に、自分の気持ちを伝えなければならなかった。そのためにも、生き延びなければならなかった。

その時、手にしたタブレットのチャイムが鳴った。

建物を特定する知らせだった。対決の場所が、明らかになったのだ。

少年の予感

昭和六十四年、冬――。

茨城県西茨城郡友部町、ＭＪ社友部射撃場――。

真冬にもかかわらず、この日の射撃場は賑わっていた。若手人気俳優のグラビア撮影が行われていたからだ。最近、銃の免許を取得して、クレー射撃を始めたというその若手スター俳優の情報を女性週刊誌は放っておかなかった。

まだ真新しいクレー射撃用の散弾銃を手に、様々なポーズを取っての撮影が場内の様々な場所で行われていた。

若手俳優とカメラマン、大型のレフ板をもった撮影助手を中心にして、雑誌社のスタッフの輪ができている。彼らを取り囲むようにＭＪ社の社員たちが大勢見物していた。今日は貸し切りなので、それが認められていた。

輪の中には、ＭＪ社の専務である三上恵造の姿もあった。三十代前半と若輩ながら専務の肩書にあるのは、彼がＭＪ社の創業者一族の三代目にあたるからである。だが、血筋を差し引いても、彼はそれを社員たちに認めさせるだけの度量の持ち主であった。誰にも愛される温厚な人柄と、卓越した銃に関する知識と技術とを兼ね備えているからだ。

撮影は佳境に入り、雑誌社側の要望で実際に射撃をしている姿を撮ることになった。

その若手俳優が、射台に入って射撃を始めた。クレーと呼ばれる陶器製の標的が空中に打ち出され、それを撃ち壊す競技だ。が、なかなか思うようには当てることができない。

「まあ、初心者ならこんなものだろう」

と言って、三上は射撃を見るのを途中でやめた。

正直、見るに堪えなかったからだ。

周囲に目を移すと、見物人の輪の後方に一人の少年の姿が目に入った。小学生の低学年くらいの歳の子だ。すぐに、それが田代水丸少年だとわかった。

通常、射撃のエリアにそんな小さな子供が出入りすることはありえない。固く禁じられている。だが、彼だけは例外だった。そこいらの大人よりも、きちんと場内の規則を守って行動することができるからだ。そして何よりも、彼はMJ社の工場長・田代幸吉の息子だった。田代幸吉は誰もが認める日本一の銃職人であり、MJ社の顔でもあった。世界の銃器メーカーに肩を並べる今日の社があるのは、幸吉の存在があるからと言っても決して過言ではなかった。

三上が小さく手を挙げてみると、気づいたのか、田代少年もこちらに向かって手を挙げて応えてくれた。三上は、田代少年を実の弟のように可愛がっていた。

若手俳優の射撃が終わると、撮影クルーと共に人の輪が移動し始めた。

「恵造さん！」

人波の奥にいる田代少年が大きな声で呼んでいた。

少年の方を見ると、こちらに来てくれと手招きをしている。

なぜか、その顔は強張っていた。

「恵造さん、早く！」

田代少年が、急かす。

普通ではないと感じ、少年の方へ向かう。

「田代君、どうしたんだい？」

三上がそばに来るや否や、田代少年は三上の腕をつかんでそばにある飲料水の自販機まで移動させた。

「どうしたんだい？」

三上は、もう一度訊いた。

「恵造さん、もっとこっちに入って」

そう言って、田代少年はさらに自販機の裏側に引き寄せた。彼の表情は硬いままだ。

「ここで、どうしようというの？　何か、秘密の話でもあるのかい？」

しかし、田代少年はそこから動こうとしない。

そこは、俳優たちの人の輪から完全に隠れた位置になっていた。

「もうちょっと、待っていて」

そう言う田代少年は、依然として顔を強張らせたままだ。

その右手は、シャツの下の胸の部分にある何かをぎゅっと握っていた。三上はそれが何であるかを知っていた。少年が母親にもらったペンダントだ。

「田代君――」と、もう一度三上が言いかけた時、パーンという大きな音がした。

まちがいなく、銃の発射音だ。

三上があわてて音のした方へ向かう。辺りは騒然となっていた。若手俳優が、散弾銃を抱えたままへしりもちをついていた。

移動中に、何かでよろけた拍子に暴発させてしまったのだ。彼は、射台を出て移動する際に、銃の中に弾が残っていないかどうかの確認を怠っていた。初心者にありがちな落ち度だが、彼の周囲にはそれを注意するような人間もいなかったのだ。いたとしても、スター俳優の彼に万座の状況の中で恥をかかせるような行為はできなかっただろう。

幸い弾は誰にも当たらず、負傷者はいないようだった。若手俳優が、笑顔を取り戻すのと同時に、騒ぎは収まった。一歩間違えれば死傷者が出たかもしれない。偶発事故だが、危ないところだった。

安堵した三上は、思い出したように自販機の方に戻った。

すでに、そこには田代少年の姿はなかった。

「まさか、彼はああなることを察知して、僕を安全なここに……」

そう呟いてから、三上は、しばらくそこに立ち尽くしていた。

天皇の崩御

翌日の朝――。

MJ社の工場から1キロほど離れた住宅地――。

田代幸吉は、するべき電話を終えると、小学校の緊急連絡網の用紙を片付けた。

そばでは、息子の水丸がいつものようにテレビを見ながら朝食を取っていた。

「水丸、今日は小学校に行かなくていいぞ。臨時休校だ」

「え、どうして?」

「天皇陛下が亡くなられたんだ」

「このテレビに映っている人のこと?」

「ああ、そうだ。昭和天皇だ」

「何で、この人が亡くなると、学校は休みなの?」

「それは、この人が俺たち日本人の象徴だからだよ」

「象徴、ってどういうこと?」

「象徴っていうのは、世界の人たちから見て、この人がすべての日本人を代表しているってことだよ」

　幸吉は、根気よく説明した。

　この年頃の子供は知識欲が旺盛だ。親はきちんとそれに応えてやらねばならない。特に、母親がいない息子にとっては自分がそれをしてやらなければならないのだ。

「天皇家は、一二四代もそれを守り続けてきているんだよ。だから、俺たちもそれを尊敬して、これからもずっと守っていくんだ」

「一二四代って、何年間くらいのこと？」

「お父さんもよくわからないけど、千年以上だよ」

「ええっ、千年以上、凄いね。ＭＪの恵造さんだってまだ三代目だもの。でも、僕は恵造さんを尊敬しているよ」

「まあ、そうだな」

　幸吉は、小さく笑った。

　子供の世界に当てはめれば、それが一番わかりやすい例えなのかもしれなかった。

「だから、きのうもちゃんと恵造さんを守ったよ」

「ああ、そうかい。それは、偉かったな」

　幸吉は、その言葉の内容を気にも留めず、田代少年の頭を撫でてやった。

第一章　平成の射撃手

小さな代理人

五年後――。

ＭＪ社、友部射撃場――。

浅尾義和は一人、その射撃台の前で途方に暮れていた。朝の九時を過ぎても、射撃場のプーラー担当者が来ないからである。

彼は、翌日に迫る日本選手権の練習の為に東京からわざわざここまで来ていた。現役の日本チャンピオンである彼にとって、連覇のかかっている一番大切な大会であった。この射撃場のオーナーの息子である三上恵造とは高校生時代からの親友であることから、大切な大会の前には、必ずここまでやってきて試合の為の最終調整を行うのが常であった。

ただ、困ったことに肝心のプーラーが来ていないのである。

クレー射撃場には、必ずプーラーが存在する。彼らは、プーラー室で作業を行う。言ってみれば、射撃場のコントロール・ルームである。そこでは、打ち出されるすべてのクレーの角度や速度などを制御できるようになっている。

日本一の腕前の浅尾義和をもってしても、そのプーラー無しではクレー射撃を行うことはできないのだ。

「おじさん、撃たないの？」

浅尾が背中越しに声をかけられた。

見ると、小学生の高学年くらいの子供が笑顔で立っていた。細面の美しい顔立ちの少年だった。

「君は、どこから入ってきたのかい？　ここはとても危ない所だから、子供が入って来てはいけないんだよ」

浅尾は、すぐに注意した。

「大丈夫だよ。場内のルールは、ちゃんとわかっているから。それにちゃんとこれの用意もしているよ。ほら」

そう言って、少年は半ズボンのポケットから取り出したものを浅尾に見せた。

それは、耳栓だった。クレー射撃場の中でも、射撃台付近では、プレーヤーはもとより見学者なども皆、耳栓やイアー・プロテクターの着用が必要であった。大きな銃の発射音から耳を保護する為である。

「君は、お名前は？」

浅尾が訊いた。

どうやら、普通の子供ではなさそうだった。

「田代水丸です」

よどみのない瞳で、少年ははっきりと名乗った。

「田代って、ひょっとして君のお父さんはあの田代幸吉さんかい？」

「はい、そうです」

「なんだ、そうかぁ」

その名前を聞いて浅尾は、認識を新たにした。

少年があの田代幸吉の子供ということであれば、話は別であった。日本を代表する銃造りの名匠である幸吉には、浅尾自身もひとかたならぬ恩を受けていた。成人前の高校生の時は、親友の三上恵造にこっそりと銃の修理やメンテナンスの面倒を見てもらっていたが、成人してからは堂々と幸吉の世話になってきていた。恵造の銃職工としての才能もなかなかのものであったが、幸吉のそれは次元が違っていた。勿論、今自分が手にしている銃も幸吉が手がけたものである。

「はじめまして、水丸君。僕は、浅尾義和といいます。君のお父さんにはとてもお世話になっているんだよ」

「浅尾さん、って。お父さんがよく話しているのと同じ浅尾さんかな。おじさんは、日本チャンピオンの浅尾さん？」

「ははは、一応そうだけど。田代さんは僕のことを何て言っているのかな？」

浅尾は、内心幸吉の評価が気になった。普段は決してそういった類のことを口にしない人間だからだ。

「日本で一番きれいなフォームで撃つ選手だって、言っているよ」

「ほう、それは光栄だな」

「射撃のフォームには、必ずその撃ち手の性格が表れるんだって。浅尾さんは、人間としても素晴らしい人だからそうなんだって言っていた」

それを聞いた浅尾は嬉しくなった。

あの田代幸吉にそういう評価を受けていたのは意外であり、光栄であった。

「浅尾さんは、どうして撃たないの？」

田代少年が不満気に訊ねた。

目の前の男があの浅尾義和だと分かり、一刻も早くその射撃を見てみたかったのだ。

「実は、おじさんも早く撃ちたいんだけど、プーラーさんがまだ来ていないんだよ」

「そうなんだ。そういえば、岡島さん、昨日、体の調子が悪いって言っていたから、休んでいるのかもしれないね」

田代少年は、ここの射撃場の専任プーラーの岡島のこともよく知っているようだった。

「そうか、それは弱ったな」

浅尾は、再び途方に暮れた。

そうなると、せっかくの射撃練習は諦めなければならなかった。ＭＪ社でもプーラーが務まる人間は限られている。専任の岡島が駄目だとなると他には心当たりがなかった。親友の三上恵造なら務まるが、今日は出張でいないことがわかっていたのだ。だが、浅尾はもう一人それが務まる人間が他にいるのを知ることになった。

「大丈夫だよ、僕がプーラーをしてあげるよ」

「僕がって、君はまだ――」

そう焦って止める浅尾の声を気にも留めずに、田代少年はプーラー室へ走っていった。

プーラー室に飛び込むや否や、田代少年は慣れた様子で手際よく発射の準備を整え、正面の窓越しから浅尾へＯＫのサインを送ってきた。

他に客が来ていないのを確認した浅尾は、射撃の準備に入ることにした。少年が手慣れていることがわかったからである。それに、防弾仕様のプーラー室の中にいれば、逆にその方が彼が安全であると考えたのだ。

浅尾義和の射撃が始まった。

「わー、本当にきれいだッ！」

プーラー室の窓越しから、田代少年はその射撃に魅入った。

父親が言っていた通り、それは流れるような美しいフォームだった。この時少年は、自分の射撃の手本にするべきフォームに出会ったと感じていた。

工藤の驚き

平成八年、春――。

砂利舗装の広い駐車場に、水戸ナンバーのリムジン車が停まっていた。

車内では、運転手が一人だけで待機していた。普段のように、SPは同行していない。

その車の主である工藤辰夫は、屋敷の中の大広間に、一人座っていた。

熊をほうふつさせるような大きな体の背筋を伸ばし、板の間に置かれた座布団の上に正座をして待っていた。

じきに、三人の男がやって来て上座に並んで座った。

皆、六十前後の年配の男たちだ。

「お待たせしました。どうか、足を楽になさってください」

中央に座る男が言った。

「では、お言葉に甘えて、そうさせていただきます」

工藤は、あぐらをかいて座りなおした。

「知事、このような遠方までお越しいただき恐縮です」

再び、中央に座る男が言った。

「こちらこそ、私どものために皆さんのお時間を頂戴して恐縮です。ちなみに、今日は公人ではなく私人としてお願いに伺っております」

「お願いの旨は承知しております。当会の五十嵐美穂さんの退会と婚姻の件ですね」

「そうです。それには、会のご理解が必要だと聞き、本人に代わって伺いました。如何せん、本人はまだ若いものですから」

工藤が結婚を強く望む相手の美穂は、まだ大学を卒業したばかりであった。

「なるほど、しかし、どうか誤解をなさらぬように。退会についても、勿論、結婚についても、基本的にはご本人の意思で決めるものであり、当会がそれにとやかく干渉するものではありません」

「わかっております。しかし、現実問題として、当の本人は会のお考えを相当気にしておりますので」

「それは、彼女が一般の会の人間ではなく、会と特別な繋がりを持つ家系の人間だからだと思います。五十嵐家と当会とは、昨日今日の関係ではありません。元号で数えるとふた桁も遡るほどの間柄です。ですから、退会する前に、然るべき説明をきちんとして会の理解を得たかったのだと思います」

「繋がりについてあらかたは本人から聞いております。だとしますと、どのような説明をすればよろしいでしょうか？」

「もはや、説明は不要です。あなたほどの方が、ご多忙の中、単身でここまで挨拶に来られた、そのこと自体がこれ以上ない最高の説明であると思います」

「そうだとしますと、会の皆さんのご賛同はいただけそうでしょうか？」

工藤のその問いに、三人は顔を見合わせ、頷き合った。

そして、再び、中央の男が口を開いた。

「もちろん、何ら異存はございません」

それを聞いた工藤は、安堵して頭を下げた。

「ありがとうございます」

頭を下げながら、工藤は小さな不安感を覚えていた。

まだ、打ち解けた穏やかな雰囲気だとは思えなかったからだ。

「いや、こちらこそお礼を申し上げるのが遅くなりましたが、工藤様には大変な額の寄付も頂戴しまして、心より御礼申し上げます」

今度は、三人の方がそろって頭を下げた。

「あれはほんの気持ちですので、どうか」

互いに感謝の言葉を交わしながらも、やはりまだ、どこかにそこはとない緊張の空気が漂っていた。

「ところで、工藤様。ひとつ伺っておきたいことがあるのですが。極めて個人的な内容ですので、答えにくければ無理に答えなくてもかまいません」

「何でしょうか。できるだけお答えしたいと思いますが」

「工藤様の名声は、この伊勢にも響き渡っております。県知事としてのご活躍はもとより、ご自身の事業の方においても立志伝中の人物であると。若い頃から始められた小さな旅行会社を十年で国内有数の企業にされ、しかも、現在はご自分の航空会社まで保有されています。もはや、政界や経済界への影響力も絶大であると伺っております」

「恐れ入ります」

「それほどの方が、なぜ、そのお歳まで結婚されなかったのでしょうか？」

「確かに、極めて個人的な内容ですな」

工藤は、少しためらった。

「よろしければ、お聞かせください」

そう念を押された時、工藤は、その理由を包み隠さず、きちんと答えるべきなのだと直感した。

実は、この質問こそが、彼らの本当の合否の判断の分かれ道なのだと。彼がこれまで様々な難題に直面した時に、自らを救ってくれたその直感は、そう語っていた。

「わかりました。お答えします。まず、一番の理由は、五十嵐美穂さんが自分の伴侶になってもらいたいと思った初めての女性だったからです」

三人は、黙ってうなずいた。

工藤は続けた。

「そして、次に、それができる環境が整ったからです」

「もう少し、具体的に伺えますか？」

「はい。私は今まで、ある大切な友人の子供を預かっていました。そして、その子たちをある憂いから守るために私の個人的な部分はいっさい封印してきたのです。そして、最近、その憂いがなくなったのです。ですから、私自身の幸せ、つまり、美穂さんとの結婚を考えることができたのです。申しわけありません。これ以上具体的には申し上げられませんが、どうか、それでご理解ください」

工藤のその返答に、三人は再び顔を見合わせ、頷き合った。

「それで、充分ですよ。よくぞ、そこまでお話しくださいました。これで、私たちはあなたが信頼にたる方であると心底理解できました。改めて、お二人のご婚姻を心から祝福させていただきます」

中央の男が初めて笑顔を見せた。

「ありがとうございます」

今度こそ、工藤は心から安堵した。

だが、続きがあった。

「ところで、今の工藤様の説明の中で、最近、憂いがなくなった、とおっしゃいましたが、それはつまり、ソ連が崩壊したということですね？」

「い、いかにも。でも、なぜ、それを？」

豪放磊落で売る工藤が、動揺を見せた。

当たるはずのない正解を突きつけられたからだ。しかも、さらにそれは続いた。

「そして、その大切な友人、つまり、守ってきた子供たちの父親とは、あの有名な近衛慎一郎さまのことですね？」

「あなた方は、いったい――」

それを知る者は、世の中に数人のはずだった。極めて近い人間だけが知り得る真実のはずだった。

「驚かせて、すみません。これは、私たちの会の代表から聞いたことです。今、その本人に挨拶に来てもらいますので」

そういうと、中央の男が広間のすぐ外に控える男に声をかけた。

「真島。依代《よりしろ》さまをこちらへ」

「かしこまりました」

真島と呼ばれた男が、折り目正しく一礼すると、廊下の奥に消えた。

じきに、真島に連れられてきたのは、話の流れからしてもっと年配の、しかも男性だと思っていた工藤の予想とは正反対の、三十歳ほどの女性だった。

三人の男たちはすぐに上座を譲り、頭を下げた。

つられて、工藤も同じように頭を下げた。

凛とした袴姿のその女性には、しかし、歳が若いにもかかわらず代表としての風格と気品が漂っていた。

依代と呼ばれた女性が、工藤に声をかけた。

「ご無沙汰していますね、工藤さん」

その呼ばれ方に驚いた工藤は、ゆっくりと顔を上げた。

「まさか、このような場所でお目にかかるとは」

そう言って微笑んでいる彼女のその顔を見て、工藤は、三たび驚いた。

「あ、あなたは！」

父の教え

八年後――。

ＪＲ常磐線の友部駅から西へ五キロほど入った山間部に三上銃器製造会社、通称ＭＪ社がある。ＭＪ社の工房は長い夏季休暇に入っていた。

田代水丸は、ひと気のないその工房で、ひとり散弾銃の銃床部分の削りの作業に励んでいた。大まかにカットしてある木材を顧客の注文に合わせた寸法に精密に削り、研磨していく工程だ。

扇風機の風の音に交じって、時折、研磨機のモーター音が響く。汗がひと滴、こめかみの辺りから顎に伝わった。田代はいったん作業の手を止めて長い髪を後ろに束ねると、ゴムバンドで結わいた。母親譲りの鼻筋がとおった細面の顔には、その髪型もよく似合っていた。額と首の周りの汗をタオルで拭ってから、再び目の前の木材と向き合う。作業には常に慎重さが要求される。それは、父親の幸吉から厳しく教えられた習慣でもあった。

ともすれば、金属でできた機関部や銃身の方に気持ちが行ってしまいがちな息子に、幸吉は常日頃から木材の部分の劣らぬ重要性を説いていた。その昔、イタリアで修業した彼は、使用する木材の重要さを誰よりも理解していた。そして、その妥協を許さないこだわりこそが、彼を世界屈指の銃職工と言わしめるまでにしたのだ。

そんな父の日頃の教えを守って、この時も田代は削る木材に全神経を集中させていた。

「田代君、ご苦労さま」

後ろから声を掛けられても、すぐには気づかなかった。

「ああ、恵造さん」

やっと、気がついた田代が振り返った。

「ふふふ。よく集中しているね」

声の主はＭＪ社のオーナー・三上恵造であった。

「少しは木のことがわかってきたかい？」

温厚さを表すハの字の眉毛をさらに丸めて、三上が笑顔で訊いた。

「奥が深過ぎますね。三年やそこいらでは、とても」

成人して一年足らずの田代が返した。

「うん、そうだろう。でも、それがわかるだけでも大きな進歩だよ」

「褒められているのか、そうでないのか」

田代は困ったように笑った。

「もちろん、褒めているのさ。実は、僕も木の部分はいまだに苦手なんだよ」

三上が、田代の肩をポンと叩いて笑った。

田代水丸がこの工房で学ぶべきことはもはやほとんどないと、三上は感じていた。本来、銃造りの職工ではなく競技者を目指している田代にとって、学ぶべきことは技術的なスキルではなくその精神なのだ。その意味において、すでに彼はそれを充分に習得していた。

「夏休みを返上して、頑張ってくれているんだね？」

「はい。今日も撃たせていただきたいので」

田代は、三上の会社の手伝いをするのと引き換えに、無料で射撃場での練習をさせてもらっていた。

二十歳になるや否や、田代は待ちかねていたように銃所持の免許を取得した。クレー射撃をするためである。父のように銃を造る方にも関心があったが、撃つ方にはそれ以上に関心が高かったのだ。きっかけは、当時、日本チャンピオンだった浅尾義和との出会いだった。その射撃の美しさに魅了されたのだ。

代々、鉄砲を造ることを生業にしてきた国友衆の中にあって、田代のように撃つ方の道を選ぶことは尋常ではない。数百年の歴史にあって稀有な存在と言えた。だが、父親の幸吉はそれを許してくれていた。

ＭＪ社の中で生まれ育ったような田代は、これ以上ない環境に恵まれていた。使用する銃や弾については、タダ同然で手に入る。射撃を教えてもらえる人間も周囲に山ほどいる。そして、何より有利なのは、練習する射撃場がすぐ近くにあるからだった。ＭＪ社は、工場のほど近くに射撃場も経営しているからだ。

「そこまでしなくても、撃ちたい時には、好きなだけ使ってもらってかまわないんだよ」

三上恵造は、田代が大学を卒業したらＭＪ社に就職してくれることを願っていた。それは、田代の父親である幸吉への感謝の気持ちでもあった。幸吉が故郷の国友からこの地へ来てくれたおかげで今のＭＪ社があるのだと、父の則夫からずっと聞かされてきた。事実この二人の二人三脚で、ＭＪ社は日本の一製造業者から、今ではイタリア、アメリカと並んで世界のシェアの一角を埋める存在までになっていたのだ。

田代を社に招きたい理由は、それだけではなかった。純粋に、田代の持つ銃への才能を買っていたからだ。それは、最近始めた撃つ方の才能に留まらなかった。田代は、単に手先が起用だと言うのではなく、銃に対する独特の感性をもっているのだ。それだけは普通の人間が努力して身に付くものではなかった。おそらく、何百年も続く鉄砲職・国友衆の血統のなせる業なのだろう。

まぎれもなく、彼は名匠・田代幸吉の血を引いていた。

「ここは暑いだろう。ひと休みして、上へ行って冷たいものでも飲もう」

三上が、二階にある社長室へ田代を誘った。

犯罪の嗅覚

社長室に入った三上は備え付けの冷蔵庫から麦茶を取り出して、田代に振る舞った。

その時、田代の視界に三上の机の上の〝あるもの〟が入った。

「恵造さん。これは？」

「ああ、それか。それはあまり見ない方がいいよ」

三上が苦笑いをして言った。

田代が訊ねたそれは、大判の写真だった。二十枚ほどが重ねて無造作に置かれていた。

「警察から送られてきた捜査資料だよ。散弾銃がらみの事件や事故がある度に、必ずそうやって送ってきて、意見を求められるんだ」

「へえー。恵造さんって、凄いんですね」

「ははは、そんなに格好がいい話ではないんだ。うちの商売柄仕方がなく引き受けているんだよ。この日本で散弾銃を造っている会社なんていうのは、そうはないからね。普通の拳銃などはともかく、特殊な散弾銃の部類になると警察の中にも専門家がいないんだよ。だから、こうやって協力してあげているんだ」

三上の仕事は、ＭＪ社の経営だけに留まらなかった。

クレー射撃協会の理事も務める彼は、協会運営の仕事にも関わらなければならない。そして、扱う物の特殊性から、様々な場面で警察との連携が不可欠であった。今回のように、散弾銃が使われた事案の捜査協力も行わなければならないのだ。

「なるほど、それで」

「一銭にもならない仕事さ。まあ、言ってみれば、社会貢献の一種ということになるかなぁ」

三上が麦茶を飲みながら、笑った。

「あの、これ、見てもいいですか？」

田代は、その写真が見てみたくなった。

「君がどうしてもというのなら。ただし、それは本物の自殺の現場写真だから、気分が悪くなるようなのも入っているよ。それでも良かったら、どうぞ」

「わかりました」

田代は、取り憑かれたように、その写真に見入った。

二十枚くらいの大判のカラー写真を順番に見ていく。

自殺したとされているのは四十代位の男性だった。口に散弾銃をくわえたまま息絶えている。後頭部の破損個所を接写したものも違う角度で数枚撮られていた。それを見た時、田代は子供時代によくやったスイカ割りのスイカを思い出した。そして、発射された散弾は男の後頭部を突き破り、後ろの壁には鮮やかな赤色の血痕と薄いピンク色の脳みその破片がこびり付いていた。気の弱い人間なら、卒倒しかねない写真である。普通の人間でも、目をそむけずにはいられないだろう。しかし、自分でも不思議なくらいに、田代はそれらの写真を冷静に見ていられた。

時間をおいてから、再び次の写真に目をやる。散弾銃を拡大した写真、引き金にかかった指の様子などがあらゆる角度から詳細に撮られている。男の周辺以外を撮った写真も入っていた。散弾を保管している専用ロッカーや散弾銃を保管している保管棚などだ。

田代が、写真をひと通り見終わった。

「へぇー、たいしたもんだ。君は、そういうのを見ても何ともないんだね？」

三上は、田代が凄絶な現場写真を見ても顔色一つ変えなかったことに驚かされた。

「そんなことはありませんよ。決して、気分のいいものではありません」

言いながら、田代は中から一枚だけを取り出して、再び見入った。

「どうした、田代君。その写真がどこか気になるのかい？」

田代は、その一枚の写真に釘付けになっている。かなり真剣になっているのが三上にも伝わった。

「ええ、ちょっと」

それを聞いた三上が、麦茶のコップをテーブルに置いて田代の方へ移動した。何かがあると感じたからだ。だが、

「なんだ、銃の保管棚の方か」

三上は少しがっかりしたように呟いた。

田代がしきりに気にしているのは、死んだ男やその周辺の写真ではなく、死体から離れた所にある他の銃が保管してある棚を写したものであった。自殺に使われたものの他に、男は三挺の銃を保有していた。銃の愛好者が違う種類の散弾銃を何挺も所有するのは珍しいことではなかった。

田代はその銃に関心があったようだ。

「この写真のどこが気になるのかい？」

念のために三上が訊くと、

「恵造さん、虫眼鏡あります？」

逆に、田代が訊いてきた。

「ああ、あるとも」

三上があわてて、机の引き出しから虫眼鏡を取り出して田代に手渡す。

「やっぱり」

虫眼鏡を覗いた田代が呟いた。

「やっぱり、って。田代君、この写真のどこの部分を拡大して見たかったのかい?」

三上が答えを聞きたがった。

写っているのは、散弾銃が三挺立て掛けてある保管棚だけである。

「いや、特にどこというわけではなくて。単純に、この棚にしまってある銃の種類を確認したかっただけなんです」

「なーんだ。そんなことか」

三上が、大声で笑い始めた。

「君が、随分真剣に見直しているから、てっきり、この写真から捜査に関係ある何かに気がついたのかと思ってしまったよ。とんだ、僕の早とちりだけど。あまりにも、君の雰囲気が普通じゃなかったものでね。すまん、すまん。ははは」

三上は、田代に対してではなく田代に過度な期待感を持ってしまっていた自分自身に対して笑ったのだ。よくよく考えて見れば、二十歳そこそこの若者が、写真を見ただけでこの自殺の何たるかが判別できるわけがない。それにこれは、どこをどう考えてみても普通のありふれた散弾銃による自殺に間違いないではないか。

いったい自分は何を期待していたのかと反省しながら、もう一度田代の表情を見た三上は、一瞬戸惑った。

彼がまだ真顔のままだったからである。本来なら、そこで一緒に笑ってやり過ごすべき流れである。だが、田代の反応は違っていた。

「田代君。どうしたんだい。僕が大笑いしたことで、気分を悪くしたのかい？」

三上は、頭の中が混乱し始めていた。

「いいえ、とんでもありません。そんなことはこれっぽっちも」

「それじゃあ、どうしたんだい。そんな思いつめたような真面目な顔をして」

そう訊きながら、三上の心の中にある種の予感が急に芽生え始めた。

目の前の彼が、シャツの上から、〝あれ〟を握っているのを見たからだ。

十数年前の、まだ彼が子供の頃に起こしたあの説明のつかない出来事を思い出したからだ。撮影に来ていた若手俳優が、暴発事故を起こした時のあの出来事だ。

「たぶん、違うとは思うんですが。でも、やっぱり、ちょっと」

田代は言いにくそうだった。

「言いたいことがあるのなら、何でもいいから言ってごらん」

そう田代に言いながらも、三上は自分がどんどん緊張していくのがわかった。

「はい。じゃあ、思い切って言います」

「うん」三上は生唾を呑んでそれを待った。

「どう考えても、不自然だと思います」

田代が、はっきりと言った。

「何がだい？」

三上は、やはり来るべきものが来るのだ、と感じた。

「これだけの銃を揃えているんですから、亡くなったこの男の人は銃にもかなり慣れているはずですよね？」

「うん。その方は、かなりの上級者だと聞いているけど、それが？」

「だったら、やはり不自然だと思います」

心を決めた田代に迷いはなかった。

「何でだい？」

三上には、何のことはさっぱりわからなかった。

だが、田代の話は向かうべき所に向かい始めている、と感じていた。

「この写真の保管棚に立て掛けてある三挺の散弾銃は、すべて上下二段式ですよね？」

そう言って田代が虫眼鏡を渡した。

「うん、間違いない。これは上下二段式の散弾銃だ。ついでに言うとどれもうちの社の製品ではないね」

虫眼鏡で写真をまじまじと観察しながら、三上が答えた。

緊張しながらも、自分のするべき最低限の補足はする。

「恵造さん、おかしいと思いませんか?」

田代のその問いかけに、三上は答えることができなかった。

「申し訳ないが、君の考えがよくわからない。田代君は、この写真を見てどこがおかしいと感じるのかい?」

「じゃあ、こっちの写真を見てください」

田代が、束の中の別の写真を取り出した。

それは亡くなった男が自殺に使ったとされる散弾銃の方だった。

「この二枚の写真を見比べて、僕は不自然だと感じたんです」

「説明を続けてくれ」

三上は、その二枚の写真の違いを見つけることはできなかった。

どちらも、ごくありふれた散弾銃だからだ。

「棚にある三挺は、上下二段式なのに、自殺に使ったとされるこっちの方は水平二段式です」

散弾銃の形には、大きく二種類ある。銃身が縦に二列に並んだ上下二段式と、横に並んだ水平二段式だ。どちらも、同じように一般的な形である。

「まあ。確かに銃身の並びは違うが、どちらも普通の散弾銃だと思うけど」

言いながら、三上は田代の答えを待った。

「もし、棚にあるのが水平二段式であったら、僕は何も感じませんでした。ですが、そこにあるのは上下二段式です」

「つまり?」

三上が、再び生唾を呑んだ。

「つまり、この人が本気で死のうと思ったら、棚にある上下式の方を使うはずだと思うんです。それなのに、この人はわざわざ死ぬのが難しい水平式の方を選んでいるんです」

「田代君。もう少し、説明を続けてくれ」

三上は、やっと何かが少しずつ見えてきたような気がしていた。

「はい。ここからは、釈迦に説法になると思いますが、我慢して聞いてください」

「うん、気にしないでいいから、続きを聞かせてくれ」

「はい。そもそも散弾銃とは、散弾が放射状に広がるからこそ、空中を飛ぶものや、地面を速く動くものに対して有効なわけです。しかし、それは、数十メートル先での話であり、銃身から撃ち出された直後の散弾はほとんど広がっていません」

「その通りだ。で?」

「そう考えると、水平二段式の方は、中心には飛びません。口の中に入れた時に、左右どちらかに偏ってしまうのです。しかも、撃った時の衝撃で、さらに左右に大きくブレてしまいます」

「なっ！」それを聞いた三上は、言葉にならない声を発した。

ある種の予感が的中しようとしていた。そんな三上の心中を知る由もなく、田代が淡々と説明を続けた。

「おまけに、この人は、自分が経験したことのない不安定な状態で引き金を引くことになります。普段の慣れた射撃の時のように、発射時の反動を上手に抑え込むようなことはできないはずです。であれば、発射時の反動の衝撃、すなわち、ブレはさらに激しく大きくなるはずです。そうなると、自分の脳に当てるのがとても難しくなってしまいます。しかし、それに比べれば、上下二段式の方はそこまでのブレは起きません。反動による衝撃は縦軸の中におさまり、多少のブレはあっても、確実に自分の頭を打ち抜くことができるんです」

「確かに」

三上は、劇場で寸劇を見ているような錯覚に陥った。

それほど、田代の説明には魅入られるような説得力があった。そして、その劇はフィナーレを迎えようとしていた。

「散弾銃に未熟な僕ですら、そう感じます。まして、熟練者のこの人が、そんなことに気づかぬはずがありません。本気で死にたいと思えば、迷わず上下二段式の方を選ぶはずです。しかも、三挺も持っているのですから。なのに、この人は確実に死ねない水平二段式の方をわざわざ選んだことになるんです。こんな不自然な話はありません」

「と、言うことは？」

その答えがすでにわかっていながら、三上は訊ねた。

「と言うことは、本人ではなく他の誰かの仕業である可能性が高いということです」

田代が、ついにそれを言い切った。

三上が、絶句した。虫眼鏡を握りしめたままだった。

「すみません、恵造さん。ちょっと、飛躍しすぎていますか？」

田代が長髪を手で後ろにかき分けながら、少し照れくさそうに言った。

「いや。ちっとも、飛躍なんかしていないよ。君の推理はきちんとスジが通っているよ。恐ろしいほどにね」

我に返った三上が、それを肯定した。

「田代君、素晴らしい助言をありがとう。君の話はさっそく警察の担当者の方にも伝えてみるよ」

「ええっ、そんな。やめてくださいよ。捜査妨害とかになってでもしたら、恵造さんに迷惑がかかりますから」

「大丈夫だよ。もちろん、そういう可能性もあるという前提付きで先方にはうまく伝えるようにするから」

そうは言ったものの、内心三上は、田代の推理が当たっている可能性が充分に高いと感じていた。

やはり、彼の体に流れている銃に対する独特の感性は本物であった。彼は父親の田代幸吉と同じ国友衆の子孫なのだ。この平成の世においても、室町の時代から続くそれらの血は、脈々と受け継がれているのだ。三上は、それを痛感せずにはいられなかった。

そして、こうも考えた。田代の繊細な容姿は、母方の血統であった。彼の母方は、千年以上に渡って代々神に仕えていたという。一族は皆、巫女や霊媒師であった。そういう血統の田代には、若い時から古《いにしえ》よりの霊能力ともいうべき特別な力が備わっているのかもしれない。その二つの血統が混じり合わさって生みだされた犯罪への感性が、彼の実体なのかもしれなかった。通常の五感に霊能力が融合されたもの、すなわち、『犯罪嗅覚』だ。

そして、田代水丸の持つその特別な才能に気づいたのは、三上恵造だけではなかった。

意外な申し入れ

その日の茨城県友部町は秋晴れだった。

田代水丸は、今日も午前中はＭＪ社の工房を手伝い、午後になってから一キロほど離れた山のふもとにあるこの射撃場で練習に励んでいた。

ＭＪ社の射撃場は中央を境に左右に分かれていた。田代は、右側の上級者専用のエリアで一人だけでプレーしていた。クレー射撃を始めてから、まだ一年余りの田代であったが、すでに右側のエリアでプレーできるのに充分な実力をつけていた。

「はッ！」という、田代の掛け声と共に、直径一〇センチ程のオレンジ色の円盤が青空へ向かって打ち出された。

それは、秒速三五メートルのスピードで勢いよく空の彼方へ飛び去って行く。だが、その直後に発射された散弾がそれを上回るスピードで放たれ、一瞬で円盤を捉える。オレンジ色の円盤は、あっという間に粉々に砕け散った。

通常クレー射撃は、一回のラウンドにつき二十五回の射撃が行われる。つまり、二十五回クレーが発射され、それを二発以内の散弾で割るのだ。発射されるクレーは方角が定まっていない。正面の場合もあれば、左右どちらかの場合もある。さらに、それぞれの角度や高低も定まっていない。そして、それらをすべて割った場合が二十五点満点ということになる。ただし、パーフェクトの満点を取ることは、例え練習であっても滅多にあるものではない。大半のプレーヤーは一生を通じてもそれを経験することはまずないのだ。だが、田代はその満点をこの半年のうちにすでに十回以上経験していた。

この日も彼は、いい調子で練習に臨んでいた。すでに終えた二ラウンド目には、二十三点をたたき出していた。そして、四ラウンド目が終わろうとしていた。最後のクレーが発射された。シュルシュルと、空気を切り裂く音を発しながらクレーが右方向に地面を這うように飛んで行く。ほとんど放物線にならない直線的な飛び方だ。それは、上級者用の射撃台でしかお目にかかれない難易度の高い設定であった。しかし、今日の田代はそれさえも難なく仕留める。そして、脇の電光掲示板に二十四個目のランプがともる。

いったん休憩に入るために田代が、発射を制御するプーラー室の中の岡島に手でサインを送った。岡島は、プーラー室のガラス越しに了解のサインを返してきた。彼もひと息入れるために、飲み物を買いにクラブハウスの方へ向かった。

田代は、散弾銃の機関部を解放して「くの字」に折り曲げると射撃台から降りた。

突然、拍手が起こった。

見ると、射撃台の後ろに置いてあるベンチに男が一人座っていた。

四十代くらいの身なりのきちんとした品の良いその男が、笑顔で田代に向かって拍手を送り続けていた。そして、立ち上がり、田代に近寄って来た。

「見事な射撃でしたよ」

「ありがとうございます」

と、田代は一応は返答したものの、相手の男には見覚えがなかった。

「もし、これが本当の試合だったら、君は優勝していたかもしれませんね」

その男は、射撃台の右脇に備え付けてある電光のスコアボードを見ながら、自分の言葉に頷くように言った。

四ラウンド分行なわれたそこには、標的のクレーを仕留めた印である丸いランプがぎっしりと埋まっていた。実際の試合でも、今日と同じように四ラウンドのトータル得点で競われることが多い。一ラウンドが二十五点満点であり、トータルでちょうど百点満点になるからだ。そう考えると、今日の田代はトータルで九十四点をたたき出していた。

「まあ、そうなるかもしれませんが、練習と試合とではまったく違いますから。まだまだです」

そう田代が返答すると、

「いや、そうでもありませんよ。仕事柄、大きな大会で色々な選手を見る機会がありましたが、君は実に無駄のない綺麗な射撃フォームをしています。ですから、ラウンドを重ねても射撃が落ちないのです。その若さで、それを身につけているとは驚きですよ」

と笑顔で言った。男の説明には、それなりの説得力がある。

話の内容から、射撃協会の関係者のように思えた。

「それは、ありがとうございます。だとすれば、三上さんのご指導のおかげでしょう」

田代は、照れ笑いをしながらそう答えた。

「ははは。田代君は、謙遜ばかりされますね」

どうやら男の方は、田代のことを知っているようだった。

「謙遜なんかではなくて、本当にそう思っています。あの、失礼ですが、クレー射撃協会の関係の方ですか」

田代は訊いてみた。

「これは失礼。協会関係ではありません。警視庁の宗方と申します」

「警視庁の？」

田代が驚いた。想像もしていない職業の人間だった。

「はい、そうです。三上社長から、今ならここで君に会えるという連絡をいただいたので、急いで東京からやって来ました。間に合ってよかったです」

「東京から、僕に会うためにですか」

「はい、そうです。君に会うためにやってきました」

「いったい、なぜですか」

田代は一瞬身構えた。

だが、警察の世話になるようなことには心当たりがない。

「ははは、そんなに硬くならないでください。何も、君を捕まえに来たわけではありませんから。その逆です。直接お会いして、お礼が言いたかったのです」

「お礼、ですか？」

それにも、心当たりがなかった。

「はい。おかげさまで、三か月ほど前に君がアドバイスしてくれた事件が無事解決したのです。そのお礼のことです」

「三か月前──」

そう呟いた田代が閃いた。

「あ、ひょっとして、あの散弾銃の自殺の」

三か月前といえば、三上の部屋で見せてもらったあの自殺写真の件だと思い出した。

「思い出されましたね。その件です。しかし、正確に言うと自殺ではなく他殺でした。つまり、君の推察した通りだったのです」

「ああ、やっぱりそうだったんですか」

やっと、田代から緊張が解けた。

「練習が終わったら、少しお話をしてもよろしいですか?」

宗方俊夫が、気を使いながら訊いてきた。

「そろそろ切り上げようと思っていましたから、今からでも大丈夫ですよ」

そう言って、田代は手にしていた散弾銃をくの字に折り曲げたまま傍にある専用ラックに立て掛けると、二人はベンチに腰掛けた。

「やっぱり、あれは自殺ではなかったんですね?」

「ええ、その通りです。君はそのことに確信を持っていたのですか?」

「確信というほどではありませんが、他殺かどうかということはともかく、自殺にしてはあまりにも不自然だと感じました」

それを聞いた宗方は、低いうなり声をあげて黙りこくった。

「ズブの素人の僕が、専門の方に生意気なことを言ってすみません」

宗方の様子を見た田代が慌てて謝った。

「いやいや、そうではありません。感心してしまって声を失ったのです」

宗方が笑顔で説明した。

「私たち警察は、拳銃のことについては詳しいのですが、散弾銃まではなかなか手が回りません。質量共にＭＪ社の情報量や分析力には敵わないのが現状です。そこで、三上社長のような専門家に色々と力を貸していただいているのです。そして、実際、三上社長の助言で解決できた事件が何件もありました。ですから、なおさら私たちは散弾銃の事案については三上社長に最終チェックをお願いしてきたのです」

そのことは、以前恵造からも聞いて知っていた。

「しかし、今回の君は、その三上社長をもってしても見抜けなかった事件を見事に解明してくれました」

「いや。そんな。たまたまです」

田代は正直に言った。

「御自分では気が付いていないのでしょうが、三上社長がおっしゃるには、君には普通の人にない特別な感性があるとのことです。この私もそう感じています」

「それは買いかぶりですよ」

「いやいや、そう感じたのは、私だけではありませんよ。ですから、今回、君に感謝状が贈られることになりました」

「本当ですか？」

「ええ。しかも、一番ランクの高い警視総監からの感謝状です」

「そんなに凄いことをしたつもりは。何か、ピンときません」

素直に驚いている様子の田代に、宗方も率直に伝えようと思った。

「恥をしのんで言いますが、あの時、私たちはあの事件を普通の自殺と判断して捜査を打ち切ろうとしていたのです。本来逮捕するべき凶悪な犯罪者を野放しにしてしまう所だったのですよ」

「そうかもしれませんが」

「それに、君がしたことは単に真犯人の逮捕に貢献しただけではありません。それと同時に、亡くなられたご本人や残されたご遺族の気持ちも救ったのですよ」

「そうなんですか？」

「もし、あのまま自殺ということで片付けられてしまっていたら、殺された本人はどれだけ無念であったことか。君はそれを救った。ご遺族も同様です、一生、自殺者の妻、子供、という精神的負担を背負って生きていかねばならなかった。それが、君のおかげでそうならずに済んだのです」

その説明を聞いてもまだ、田代にはピンときていなかった。それでも、良かったとは思った。自分にある種の才能があり、それが世の中のためになったというのであれば、悪い気はしない。

「ところで、三上社長から伺いましたが、君は大学の三年生ですよね?」

宗方が話題を変えてきた。

「はい、そうです」

「就職の方はもうどこかに内定されているのですか?」

本来なら、今は同級生の皆と同様に就職活動を始めている時期であった。早々と、内定の内定をもらっている仲間もいた。だが、田代は夏休みも通して今に至るまで、何の活動もしていなかった。それには理由があった。

「はい。内定までは頂いていませんが、行きたい会社は決まっています」

「差支えなければ、その会社を教えてくださいますか?」

「ここです。MJ社です。まだ、三上さんには正式には何も伝えていませんが」

それ以外は考えられなかった。

子供の頃から、そう考えるのが自然だったのだ。

「やはり、そうでしたか。それを聞いたら三上社長はきっと喜ばれますよ」

「そうだといいんですが」

「間違いありませんよ。ご本人の口からそう聞いていますから」

「本当ですか？」

「ええ。三上社長との付き合いは長いですが、事あるごとに、そうなればいいとおっしゃっていますよ」

「そうですか。良かった」

田代は安心した。

「ですが、田代君。そんな君にあえてお願いがあるのです。今の君にとって、ＭＪ社に行くことはごく自然な流れでしょう。しかも、互いに相思相愛の仲です。こんなに良いことはありません。ですが、それを承知で言います」

今まで終始笑顔だった宗方の表情が、少し真剣になっていた。

「何でしょうか」

「大学を卒業したら、警視庁に就職していただけませんか」

それは、あまりにも意外な申し入れであった。

「いったい、何で僕を。今回の事件に貢献できたからですか？　でも、さっき言いましたようにあれはたまたまなんです。たった一度のまぐれです。ビギナーズ・ラックというやつです」

実力以上に買いかぶられていると感じた田代は、必死に弁明した。

宗方は、優しい目をしてそれを聞いていた。それから、はっきりと言った。

「いいえ、違います。君には特別な才能があるのです。ですから、せっかくの君のその才能を社会のために役立ててみたくはありませんか？　多くの人を救ってみませんか？」

「僕の才能を、社会のために、人のために」

「そうです。私の所なら、つまり警視庁でなら、それが実現できるのです」

「それは」

「君が、クレー射撃の選手になりたいということは充分に承知しています。もし、うちに来ていただけるのなら、クレー射撃の練習時間は自由に取っていただいて結構です。もちろん、それにかかるすべての費用はこちらで持ちます。試合の遠征費、宿泊費などもすべてです。それで、いかがでしょうか？」

破格の条件である。

大好きなクレー射撃をタダで好きなだけやれて、しかも給料までもらえる。田代にとってこれほどありがたい申し入れはなかった。

「そんなことが可能なんですか」

「その点は、間違いなくお約束します。警察と言っても、一種の会社組織だと考えてみてください。大きな会社には、必ず広告宣伝費が確保してあります。まあ、よくある、企業が抱えているスポーツ選手社員とまったく同じものですよ」

「そうなんですか」

それならば、間違いなくそうしてもらえるのだろうと思えた。

「どうですか、来てみる気になりましたか？」

「ええ。とても、魅力的なお話だと思いますが」

その時の田代の頭の中には、三上恵造の顔が浮かんできていた。宗方は、それを察していた。

「どんなに条件がいいとは言っても、いきなりこんな話をされて、今日明日に答えを出すのも無理なことでしょう。君の場合、三上社長への相談もあることと思います。幸い、まだ時間は一年以上ありますから、ゆっくりと考えてみてください」

「ありがとうございます。そうさせていただきます」

「ただし、私は心から君に来てもらいたいと思っています。どうか、前向きに考えてみてください」

そう言って、宗方がニコッと笑った。屈託のない笑顔に田代は惹かれた。

人生の選択

二日後――。
ＭＪ社の工房で銃の組み立て作業中の田代の携帯が、突然鳴った。

三上恵造からの呼び出しであった。田代を訊ねて人が来ているので、すぐに射撃場の方へ来てくれということだった。

射撃場のクラブハウスへ着くと、三上と一緒に見慣れない親子らしき二人がロビーに座っていた。

「ああ、来ましたよ。彼がそうです。田代水丸君です」

さっそく三上が、その親子に田代を紹介した。

三十代後半ほどの母親と小学校の低学年ほどの男の子の二人連れであった。

「突然で申し訳ありません。鈴木と申します。このたびは、夫の事で大変お世話になりました」

「ほらほら、例の。三か月前の写真の……」

当惑する田代に、三上が説明した。

「ああ、あの時の?」

「うん。どうしても、直接君に会って、お礼をされたいということで」

「はい。田代さまのおかげで、夫も私たち親子も気持ちが救われました。そのお礼をひと言申し上げたくて、御迷惑を顧みず伺わせていただきました。このたびは、本当にありがとうございました」

そう言って、母親が深々と頭を下げた。

隣りの男の子の方は、口をへの字に曲げて無言のままその場に立っていた。

「ほら、翔英。あなたもお礼を言いなさい」

と、母親に促されても変わらず微動だにしない。無言を貫いている。

「申し訳ありません」

代わりに、母親がもう一度頭を下げる。

「いえいえ。そんな。まだ、こんなに小さいのですから、気になさらないで下さい」

田代は恐縮して、どうしていいのかわからなかった。

「あの事件以来、大人の男性の前ではこんな風に無愛想なのです」

母親の説明に、三上も田代も深く頷かざるを得なかった。

大好きだった父親の命を奪った犯人への憎悪と警戒感が、すべての大人の男に重なって見えてしまうのだろう。この年頃の子供が受けたショックの大きさを考えればそれも仕方がないことだと思えた。

田代は、思わず男の子の前にしゃがみ込んでいた。自分でも、思いがけない行動だった。そして、おもいっきりの笑顔を作って話しかけた。

「君は、翔英君っていうんだね」

変わらず口をへの字に曲げたままの翔英少年は、それにも答えなかった。

「いいんだよ、無理に答えなくて。君は大好きなお父さんが死んでしまって、とても悲しいんだよね。実は、僕は、お母さんがいないんだ。ちょうど、僕が君と同じくらいの年の時に死んでしまったんだよ。だから、ちょっとだけ、今の君の気持ちがわかるんだ」

少年の顔は、変わらずこわばったままだ。

かまわず田代は続けた。

「でも、そこにいる三上さんが、僕のことを本当の弟のように可愛がってくれたんだ。それで、今日まで頑張ってこれたんだ」

少年の態度は変わらない。かたくななままだ。

それでも田代は続けた。

「今度は、僕が君のお兄さんになる番だ」

田代は我知らず本気でそう思っていた。

「だから、お母さんと頑張って生きていくんだよ。君にはこの田代のお兄さんがついているからね！」

そう言って、田代は翔英少年の頭を撫でてやった。

少年は無言のままだ。

「ありがとうございます」

目がしらを熱くした母親が、代わりに礼を言った。そして、帰り仕度を始めた。

やがて、何度も田代たちに頭を下げながら、翔英少年の手を引いて玄関を出た。

翔英少年は、そのまま母親に手を引かれて歩いて行った。

だが、少し歩いたところで、こちらへ向きを変えるや否や走ってきた。

そのままの勢いで、田代に抱き着いてきた。

言葉は発しない。だが、ぎゅっと強く抱き着いていた。

田代は、もう一度、少年の頭をやさしく撫でてやった。

しばらくすると、少年は、再び走って母親の元に戻った。今度は、振り返らずに、そのまま一緒に歩いて行った。

鈴木親子を見送る田代は、小さくなった二人の後姿を見ながら隣りの三上に言った。

「恵造さん。僕は――」

言葉はいったんそこで途切れた。

だが、田代が何を言いかけたかは、三上にはしっかりと伝わっていた。

「いいよ、田代君」

三上も親子の後姿を見ながら言った。そして、続けた。

「君の人生だ、君自身が選択すればいいんだ」

兄同然の三上には、田代の言いたいことが手に取るようにわかっていた。

戦力としての田代はMJ社には、絶対に必要な人材であった。だが、田代はより大きな自分の価値を発揮できるステージを選ぼうとしていた。彼は、多くの人を救うことができる道を選ぼうとしているのだ。それは、もはや仕方がないことだった。人として、尊敬できる正しい決断だった。あの親子の後姿を見て三上もそう考えざるを得なかった。であれば、気持ちよく送り出してやろうと思うことができた。

宗方の負い目

平成二十六年、秋――。

栃木県那須町、那須国際射撃場――。

クレー射撃・日本選手権の会場では、新たなヒーローが誕生しようとしていた。

その決勝戦は、最終局面を迎えていた。

警視庁所属の選手である田代水丸は、初出場ながら連覇を狙う前回チャンピオンの相手と互角以上に渡り合い、初優勝は目前だった。すでに得点差で田代の勝利は確定しており、あとは最後の射撃を残すのみとなっていた。

それを役員席に陣取る三上恵造と浅尾義和、そして宗方俊夫の三人が見守っていた。

三人は、旧知の間柄だった。

「初出場で、日本一のタイトルを獲ってしまうとは、さすがと言おうか、呆れたと言おうか」

長い緊張感から解放された三上は、笑顔でそう軽口をたたいた。

ＭＪ社の社長であり射撃協会の理事長も務める三上は、この競技大会の役員もやっていた。だが、今回はそれどころではなかった。田代を実の弟のように思っている彼にしてみれば、試合中は内心、気が気でなかったのだ。

「三上さんは、ずっと緊張していましたよね。隣で見ていて気の毒なくらいでしたよ」

浅尾が余裕で笑った。

「実のところ、私も、ホッとしています」

警視庁で田代を預かる宗方は、安堵の気持ちをストレートに表した。

「百戦錬磨の宗方警視長さんでも、そんなに緊張されていたのですか？」

三上が、からかい気味に訊いた。

宗方俊夫は、警視庁にあって数十年に一人の逸材と謳われており、次期警察本部長が内定していた。警視庁の警察本部長は数年前に新設されたポストで、管轄を超える広域犯罪に他県の警察本部と連携して迅速に対処する。その権限は広く強大で次世代の警察のあり方を問う試金石として各方面から注目されていた。

「あたりまえですよ。凶悪犯を確保する時よりも、緊張していましたよ」

「それは、実にわかりやすい例えですね」

三人は小さな声で笑い合った。

「まあ、冗談はともかく、彼は警視庁という看板を背負っての出場ですから、純粋に勝ってほしいという気持ちはありました。ですが、それ以上に勝たせてあげたい、勝ってもらいたいという強い理由がありました」

「強い理由、それは何ですか」

「はい。私のわがままで、彼に二年間のブランクを与えてしまったからです」

「ブランク?」

「はい。クレー射撃競技の選手としてのブランクのことです。私が、彼を警視庁にスカウトした時の条件は、入庁したら、好きなだけ練習や試合の遠征をしていいというものでした。しかし、私はすぐにその約束を反故にしてしまいました」

「どうしてですか」

「彼の警察官としての並外れた才能を、伸ばしたくて仕方がなかったからです。それで、すぐに警察大学校へ入れてしまったのです。警察の幹部候補生を専門に育成するコースです」

「なるほど。しかし、当時の田代君は、むしろそれを喜んでいましたよ。特待生で学費は無料で、それどころか給料までいただけると」

三上が、宗方をかばうように言った。

「いや、それは、私を気遣ってそういうふりをしていたのです。本当は、クレー射撃がやりたくてやりたくて仕方がなかったのです。でも、彼は最後までひと言も不満を言いませんでした。そして、見事に首席で卒業してくれました。それで、私は考えました。少なくとも数年間は我慢しようと。クレー射撃をおもいっきりやらせてあげようと」

「そういうことですか。だから、今回の選手権には、特別な思いがあったんですね」

浅尾は納得した。

「ええ、そうなのです。これで、私の負い目も救われました」

「田代君は、いい上司を持ちましたね。僕も、彼をあなたにお預けしてよかったと改めて思いますよ」

そう言って、三上が右手を差し出した。

「恐縮です」

二人は固い握手を交わした。

「いよいよ、その田代君が、撃ちますよ」

浅尾がそれを教えてくれた。

田代水丸が、最後の射撃に入っていた。

左手を、とおった鼻筋にそって垂直に上げながら長い髪を後ろにかき上げていく。そして、銃を構える。それが、彼の学生時代からの射撃のルーティーンだった。

やがて、空に打ち出されたクレーに向かって、引き金を引いた。

最後のクレーが難なく撃ち落とされて、彼は優勝を決めた。

会場が割れんばかりの歓声に包まれた。

熱狂するその観覧席の中に一人の五十がらみの女性がいた。

つばの広い帽子をかぶっているので、顔はわかりづらい。ただ、背筋を伸ばして座るその姿からは、そこはかとなく品の良さが伺えた。彼女も、眼下に見える新しいヒーローに向かって一生懸命に拍手を送っていた。

それが落ち着くと、彼女は席を立った。

会場の入口に、黒塗りの大型高級車が停められていた。彼女が姿を見せると、運転手が一礼して後部席のドアを開けた。

「東京の帝国ホテルへ戻ってください」

彼女は、穏やかな声で伝えた。

ある会合

平成二十九年、夏——。

三重県伊勢市朝熊町——。

広々とした砂利舗装の車寄せに、黒塗りのセダンが十数台停められていた。そのほとんどの車では、運転手が待機していた。

そこへ、品川ナンバーの薄茶色のカルマンギアが滑り込んだ。

運転していたがっしりとした体格の男が、車から降りた。その手には頑丈そうなアタッシェケースが握られている。男は、急ぎ足で建物の中へ入っていた。

建物全体は重厚で巨大な和風建築だが、男が入ったその部屋だけは二台の大型モニターが設置されている近代的な造りだった。

「お待たせしました」

東京から駆けつけたその男は、十二人が座る大きな会議机の末席に座った。

「真島、始めなさい」

それを確認すると、上席に座る三人の老人のうちの真ん中の一人が指示した。

「では、早速ですが、報告をお願いします」

すぐさま、進行役の真島に促され、駆けつけた男が報告を始めた。

「先日の羽田での事案につきまして、分析が終わりましたので報告させていただきます」

男は、低いがよく響く声で話し始めた。

その内容は、一週間ほど前に起きた羽田空港でのドローン襲撃事件の総括だった。

ヒンドゥ国の大統領が乗っていた専用機にドローン群が襲ってきたのだ。だが、その襲撃事件は、翌日にあっけなく幕を閉じていた。

ドローンを操縦していた男が羽田署に自首してきたのである。

操縦用のリモコンとノートパソコンを持参した男は、その場で威力業務妨害の疑いで逮捕されたのだった。撃ち落とされ、回収された四機のドローンには、プラスチック製の容器が積載されていた。中に入っていたのは、人体には影響のない程度の微量のセシウム反応がある福島の砂だった。

出頭してきたその男の供述によると、反原発を訴える宣伝活動のためにやったとのことであった。マスコミやネット上で大きく取り上げられれば、それで自分の目的は果たせたということだ。男が言うとおり、メッセージ効果ということを考えれば、今回の羽田は格好の場だったのだろう。ヒンドゥ国は、近々日本と原発建設の契約を交わそうとしていたからだ。

「警察側は、出頭してきた犯人の背後にテロ組織などの存在はなく、単独犯の仕業であると結論づけました。しかし、私の見解は違います。表面上は一般人による犯行に見えますが、明らかに、犯人を裏で操っている黒幕が存在しています。それは、原発反対運動の団体に秘密裏に資金を流している組織です」

「その黒幕の組織というのは、やはり、大蛇《おろち》か?」

右側の老人が訊いた。

「大蛇です」

報告している男が、きっぱりと答えた。

それを聞いた一同が、一斉に顔をしかめた。

「依代《よりしろ》さまも、そう感じられたのかね？」

左側の老人が真島に訊いた。

「はい、激しくはありませんでしたが、微弱な〝憂い〟を感じていらっしゃいました」

「そうか、続けたまえ」

再び、報告の男に促す。

「奴らは、今回の犯人が籍を置いている原発反対運動の団体に、資金や犯行に使用するドローンを提供し、あの計画をそそのかしたのです」

「奴らの狙いは何だね？」

「いつもの奴らのやり口です。日本は原発事故の放射能でこんなに危ない国なのだというネガティブキャンペーンの一環です。奴らは、福島原発でのこの国の失敗を最大限に悪用しているのです。しかも、加えて今回は、同時に、ヒンドゥ国との原発建設の契約を邪魔しようという狙いもあったと思われます」

「相変わらず、狡猾な奴らだ」

右側の老人が、吐き捨てるように言った。

「尖閣を国有化して以来、動きが活発化してきたということだな？」

左側の老人が、確認した。

「残念ながら、その通りです」

「では、警察内部の情報網をもう少し強化しなさい」

「かしこまりました」

報告の男が答えた。

「それから、海保の警備艇の予算も増やした方がいいな」

別の者がそう提案すると、

「それは、私の方から担当議員にはっぱをかけます」

今度は、別の者が答えた。

「海自にも働きかけをした方がよいでしょう」

さらに、別の者が提案する。

「それについては、私の方で引き受けます」

十二人には、それぞれの役回りがあるらしく、それぞれの担当部署同士での活発な提案が交わされた。

「それにしても、田代水丸という男は、やはりただ者ではありませんね」

話がひと段落した後、一人がその男の名前を口にした。

一同が、頷いた。

そのドローン群をとっさの機転で見事に撃退したのは、要人警備の中にいた警視庁の田代水丸だった。

「彼がその場にいなければ、どうなっていたことやら。考えただけでもゾッとする」

再び、一同が深く頷いた。

「ええ、恐ろしく切れる男です」

報告していた男も、噛みしめるようにそう言った。

第二章　令和の客人

秋晴れの歩道にて

令和二年、秋――。

千代田区、日本武道館――。

会場では、柔道の日本選手権の決勝ラウンドが行われていた。

観客席に、警視庁広報室長の田代水丸とその部下の五十嵐麻美《いがらしまみ》の姿があった。

出場している警視庁の選手の応援のためである。警視庁所属のスポーツ選手が大きな大会で決勝ラウンドまで進出した時は、その応援に顔を出さなければならないのも広報室の職員の仕事の一つであった。

特に、今回の大会は、翌年東京で開催されるオリンピックの代表選考も兼ねているために、室長である田代が自ら駆けつけていた。だが、健闘むなしくその選手は二回戦で敗れてしまった。

応援に来ていた警視庁の職員たちは、武道館を出た。

外は、綺麗な秋晴れだった。

「予定よりも早く終わってしまったから、天気もいいことだし、僕は歩いて帰ることにするよ」

田代はそう告げて、他の職員たちと別れた。

「お邪魔でなければ、私もご一緒します」

麻美だけがついてきた。

「うん、行こう」

目の前の北の丸公園を右手に見ながら、代官町通りに入っていく。

警視庁の本庁舎までは、皇居を時計と反対周りで三十分ほど歩いていくことになる。

「室長は、柔道の授業はとられていたのですか?」

「とっていたよ。こう見えても、結構、得意な方だった」

「そうなのでしょうね。なんと言っても、首席で卒業されたわけですからね」

「ははは、昔の話だよ。そう言う君だって、コンピュータの成績は断トツでトップだったじゃないか」

麻美は、学生時代から大手のＩＴ企業やコンピュータ関連の会社に誘われるほどの卓越した情報処理能力の持ち主だった。

在学中は、普通大学の文科系の学生であるのにもかかわらず、東大や東工大といった理工系大学の並みいる天才たちを押さえてコンピュータの大きな競技会で優勝していたのだ。

「でも、文科系大学出身の君が、あそこまでコンピュータの技術を持っているとは」

「子供の頃から、パソコンをいじるのが好きだったので。籍を置いていたのは普通の大学でしたが、在学中も、他のいろいろな工学系の大学に勉強に行っていたんですよ」

「だったら、始めから工科系の大学に行けばよかったのに」

「実は、私自身もそうしたかったのですが、叔母が学習院大学以外は駄目だって譲らなかったのです」

「叔母って、美穂さんのこと？」

田代は以前、休日に街中で偶然出会った二人を思い浮かべた。買い物していると言った彼女たちはちょっと見には姉妹のように見えた。

「ええ、美穂叔母さんです」

「そうか。そういえば、美穂さんも学習院大学の卒業生だったね」

「ええ。だから、私も、自分と同じように学習院のOGになれって、きかなかったのです」

「そうだったのか。まあ、美穂さんは君の母親代わりだからね」

「はい。ですから、親孝行のために学習院に入ったのです」

「そういうことか」

自分の娘を自分と同じ大学に入れたいというのは、ある種の親のエゴかもしれない。しかし、別の意味では、美穂は麻美を本当の自分の娘のように愛しているといえる、と田代は思った。

「学習院大に進んだいきさつはわかったけど、それほどコンピュータのスキルを磨いたのに、何で警視庁に入る時にサイバー部隊の方に希望を出さなかったのかい？」

田代は素朴な疑問として、以前から思っていたことを訊ねた。

「それは」

少しだけ考えてから、麻美は、冗談とも真剣ともとれない表情で答えた。

「田代水丸さんが広報室にいらしたからです」

「ははは、面接なら満点の返し方だね」

二人は笑い合った。

「翔英君は、その後、元気にしていますか？」

麻美が、思い出したように訊いた。

半年前までは、ここにもう一人、鈴木翔英という広報室の同僚がいるのが常だった。三人は職場を超えて仲が良かった。

翔英は、現在は茨城県警へ出向していた。本格的にクレー射撃に打ち込むためだった。警視庁の宗方俊夫が、茨城の工藤辰夫に話を通して実現した出向だった。

「言われてみれば、最近は、僕も本人とは話をしていないな。ただ、三上さんからは、元気に練習しているとは聞いているよ」

翔英は、三上恵造が運営するＭＪ社の射撃場で練習していた。

「彼も、室長のように日本一を目指して頑張っているのですね」

「そうだね。そろそろビッグタイトルを狙ってもいいレベルになってきているからね」

「次の日本選手権には、一緒に応援に行ってあげましょうね」

「うん、そうしよう」

二人は、笑顔を交わして頷き合った。

柔かな木漏れ日の中を、二人は歩いた。

左右を包み込むように繁る木々が歩く二人の心を和ませていた。

ちょうど、二人の横を、綺麗な赤色の一台のスポーツカーが通り過ぎていった。

「こんなにいい天気の日は、ツーリングをしたら最高だろうなぁ」

それを見た田代が、しみじみと漏らした。

「そういえば、室長の趣味は車の運転でしたね。よく、ドライブに出られるのですか？」

「うん。車をオープン状態にして、風を感じながら走るのが好きなんだ」

「オープン状態というと、室長の車は屋根が開くタイプの車なのですか？」

「そうだよ」

「格好いいですね。そういう車だと、きっと、素敵な女性を助手席に乗せてドライブしていらっしゃるのでしょうね」

麻美が興味津々で訊いてきた。

「残念ながら、それは一度もないんだよ。僕が入っているツーリングクラブでは、それはご法度なんだ」

「へー、そんなツーリングの会にまで入っているのですか?」

「うん。同じような車で連なって、目的地まで走るんだ」

「そういうのって、よく見かけますよね」

「そうだね。そうやって街中を走っている時は、正直なところ少し恥ずかしいよ。だけど、珍しい車だから、メンバー同士の情報交換がとても大切なんだよ。メンテナンスの方法だとか、部品の調達方法だとかね。だから、入会しているんだ」

「そういうことですか。でも、ひとりでドライブすることはないんですか?」

「もちろん、あるさ。回数的にはそっちの方が圧倒的に多いよ。一人で走る方が気を使わないし、自由だからね」

急に、麻美が立ち止った。

「では、私が助手席の第一号に立候補してもいいですか?」

笑顔の中に、真剣さが入った眼差しで、彼女が訊いた。

「そうだな、考えておこう」

少しだけ間をおいてから、田代が答えた。

「ちゃんと、前向きに考えてくださいね。そうやって室長が間を置いて答える時って、だいたい実現したことがないんですから」

「うん、わかった」

今度は、すぐに返答した。

話しながら歩いているうちに、警視庁の庁舎が右前方に見えてきた。

田代は、軽く息を吐いた。

気になる取引

令和三年、梅雨――。

東京都千代田区永田町、海洋会館ビル――。

小雨混じりの中、パナマ帽を被り洒落た麻のジャケットを羽織った男が、そのビルに入っていった。その手には頑丈そうなアタッシェケースが握られている。

二階の角にある部屋に向かう。

部屋のドアには、『工藤事務所』とあった。

出迎えた受付の女性は心得たように頷くと、彼を奥の応接室に通した。

慣れた様子でソファに座る。

「失礼します」

じきに、一人の男が応接室に入ってきた。

「両国が最近取引した武器・兵器関係のリストです」

その男も、心得たように余計な話はせずにＵＳＢメモリを差し出した。

「ここで、ざっと拝見してもいいかね？」

低いが、よく響く声でパナマ帽の男が訊いた。

「ええ、どうぞ」

パナマ帽の男は、アタッシェケースからノートパソコンを取り出した。

「何か、変わった取引はあったかね？」

パソコンにＵＳＢを差し込みながら、彼がその男に確認した。

「特に、目を引くようなものはありませんでしたが」

高スペックのパソコンはすぐにリストを流し出した。

しばらくスクロールして、画像を見ていた彼が、「ん？」と小さく声を上げた。

「このロバエフ社の取引は？」

「軍からその会社への設計業務の依頼ですね。もともとは、取引の相手国からの依頼のようです」

「製造ではなく、設計だけの依頼か？」

「そのようです」

「確かかね？」

「お待ちください」

画面のリストは日本語に訳されていたが、応対した男は原文のロシア語の方を再度確認しながら答えた。

「やはり、それだけのようです。言われてみれば、確かに珍しいケースですね」

「妙に、引っかかるな」

そう呟きながら、パナマ帽の男はロバエフ社をネット検索してみた。しばらく見てから、言った。

「手数をかけるが、この取引をもう少し掘り下げて調べてみてくれないか」

「かしこまりました。何かわかり次第ご連絡します」

「うん、よろしく頼む」

そう言うと、パナマ帽の男はパソコンを片付けて、席を立った。

「では、工藤さんによろしく伝えてくれ」

「かしこまりました」

瑞穂の提案

令和三年、初夏――。

茨城県水戸市、茨城県警察本庁舎――。

その二階にある広報室は、他の課の部屋とは違ってガラス張りのオープンスペースになっていた。入り口には県警のマスコット人形が置かれ、明るい雰囲気を演出していた。

その中にあって、職員の鈴木翔英だけは一人暗い表情をしていた。

「翔英君、何かあったの？」

同じ広報室の二年先輩の工藤瑞穂がほほ笑んで立っていた。

「えっ、何でですか？」

「だって、とても暗い顔をしているから。朝からずっとよ」

「そうかなぁ」

「さては、彼女にでもフラれたかな？」

「ええっ、何でわかるんですか？」

「あれま、当たってしまったか。これはどうも失礼しました」

瑞穂は、小さく敬礼をしておどけて見せた。

「やっぱり、フラれたのかなぁ、でもなぁ」

そう呟く翔英は、やはり恋人のことで何か悩んでいるようだった。

「じゃあ、ちょうどいいから、ランチにしましょう」

瑞穂は、気乗りしない様子の翔英を引っ張って庁舎の地下にある食堂へ向かった。

彼女は、一番壁側の席を選んで座った。プライベートな話になりそうだったからだ。

「それで、彼女さんと何かあったの?」

職場の先輩というよりも姉という雰囲気で瑞穂が訊いた。

実際に、二人は県警に入る前からそういう間柄だった。

翔英の最初の配属先は東京の警視庁の広報室だったが、本格的にクレー射撃競技に取り組むために一年前から、もともと学生時代からそこをメインの練習場にしていたMJ社があるこの茨城県警へ出向してきていた。瑞穂も、学生時代は親同士の仲がいいMJ社にアルバイトで出入りしていたのだ。

「実は、二日前から、急に音信不通になってしまったんです」

「二日前から。でも、そのくらいならまだ——」

「いえ、一日でも連絡が取れないなんてことはありえないんですから!」

翔英は、自信をもって返答してきた。

「MJでは、彼女と入れ違いだったから知らなかったけど、そうか、そんなに親密だったんだ」

「ええ、まあ」

翔英が少し顔を赤らめた。

「確か、彼女もクレー射撃の選手だったわよね。堀内さんっていったかしら」

「はい、堀内真里華さんです」

女子の学生チャンピオンである堀内真里華とは、ＭＪ社の練習場で知り合ったのだ。

病気や事故の心配もあったので、意を決して彼女の実家に連絡を入れてみたが、そちらもつながらなかった。

「そうなると、あとはもう、彼女の家に直接行ってみるしかないわね」

瑞穂は言葉にこそ出さなかったが、若い女性なら自殺の可能性も考慮しなければならないと思っていた。真里華がクレー射撃をやっているということは、本物の銃を保有しているということだからだ。考えてはいけないとは思うが、可能性のひとつとして外すことはできない。警察官である彼女は、そのいくつかの事例を知っていた。

「勿論、それも考えたんですが」

「どうしたの、彼女の家の場所を知らないの？」

「いいえ、家の前までは何度も行っていますから、よく知っています」

「じゃあ、どうして？」

「彼女が住んでいるのは、大学の女子寮なんですよ。だから、保護者以外は中に入れないんです」

「なるほど、そういうことかぁ」

しばらく考えたのち、瑞穂が笑顔で言った。

「じゃあ、こうしましょう。もし、明日の朝になっても彼女と連絡が取れてなかったら、私と一緒に彼女の寮に行ってみましょう。少なくとも、私なら寮の中に入れると思うわ」

「ええっ、いいんですか?」

「いいわよ。ちょうど明日は休日だから」

ロシアからの客人

同じ頃——。

イタリア、ロンバルディア州、ミラノ——。

ミラノ市庁舎。十六世紀に建てられたこの建造物は、それ自体が歴史遺産であり、観光名所のひとつにもなっている。

そして、知事のルキアーノ・ジオヴァネッティは、三十年近くもこの庁舎の主になっていた。

バロン・近衛こと、近衛慎一郎は、久しぶりにその知事室を訪れていた。

年間の大半をイタリアで過ごす近衛は、ミラノの近隣のブレシアに居を構えていた。従って、ごく親しいジオヴァネッティとは頻繁に会ってはいるが、彼の仕事場で会うことは珍しかった。

五十年来の親友の近衛から、知事室の応接間を私的な面談に使わせてほしいと頼まれた時に、ジオヴァネッティは二つ返事で引き受けていた。だが、近衛が会う相手の素性を聞いた彼は若干の緊張を隠せなかった。相手が、二人にとって深く因縁のあるロシアの人間だったからである。近衛からは、ごく手短かに工藤辰夫からの頼まれごとだと言われた。そして、相手を安心させるために知事室を使うのだとも言われていた。理由はともあれ、親友の近衛からの頼みごとを断るという選択肢は彼の頭の中にはなかった。

じきに、ロシアの客人たちが部屋にやって来た。

二人はロシアの武器製造会社・ロバエフ社の社長と担当の重役である。

それに、女性の通訳が一人だ。

言語圏の違う人間がバロン・近衛と会う時は、必ず通訳を同行させるのが昔からの慣例になっていた。近衛と日本で会う時は日本語の通訳を、イタリアで会う時はイタリア語の通訳を皆は同行させていた。特に、近衛側が注文を付けてそうさせているわけではなく、彼への敬意の証しとして、いつしかそれが自然に定着してしまったのだ。この日の彼らは、当然のようにイタリア語のできる通訳を同行させていた。

「男爵、お会いできて光栄です」

通訳を通して、ロシア人たちが敬意を表した。

「こちらこそ、わざわざミラノまで出向いていただき、感謝します」

「とんでもございません。男爵から声をかけていただけるなら、地の果てまでもお伺いします」

それが、あながち儀礼的な賛美の言葉でないことは近衛自身も承知していた。

バロン・近衛は、世界のクレー射撃界の生きる伝説だった。伝説とは彼のためにある言葉だと言っても過言ではなかった。彼は、前人未到の世界選手権十連覇を遂げ、引退するまで二十年間無敗の王者だった。唯一無二の絶対的王者だ。文字通り、不世出の偉大なプレーヤーである。引退後も、その影響力、発言力は世界の射撃界の隅々まで浸透していた。だが、決して彼がそれを振りかざしているわけではない。誰もが彼を愛し、尊敬しているのだ。人々は、その愛情と敬意の証しとして、彼をバロン＝男爵と呼んでいた。

「知事さんにも、今日はこのような場所を提供していただき、感謝に堪えません」

「いやいや、礼には及びません。私も男爵のファンですから。彼に頼まれれば、ミラノの大聖堂であっても貸し切りにしますよ」

そう言って、ジオヴァネッティが両手をオーバーに広げておどけて見せた。

通訳がそれを伝えると、一同は大笑いになった。

ジオヴァネッティが、このミラノの地でここまで脇役に徹することはまずなかった。まがりなりにも、彼は〝北イタリアの王〟と謳われている人物である。しかも、彼自身、クレー射撃では、オリンピックを二度も制覇している超のつく大物である。だが、こと、銃の世界ではこれが正しい位《くらい》づけであった。バロンという愛称で呼ばれてはいるものの、近衛慎一郎は、この世界の絶対的なキング＝王なのだ。

「さて、男爵、肝心の銃のお話ですが」

ロバエフ社の社長が切り出した。

「私どもが扱う銃に関心がおありだと伺っておりますが？」

「ええ、御社のライフル銃は現在、世界で一番の距離を飛ばせるということですから」

「はい、おかげさまでそういう評価をいただいております」

事実、ロバエフ社の最上位モデルのライフル銃は、二位のイギリス製の倍の飛距離を誇っていた。

近衛が説明を続けた。

「私は、山に入って狩猟をするのが趣味なのですが、最近は年齢のことも考慮して、猟犬を飼うのをやめてしまったのです。つまり、これからは、高台の山小屋や狩猟小屋に籠って、そこから狙うハンティングに切り替えようと考えているのです」

「なるほど、それで長距離用のライフル銃を探し始めたということですね」

「その通りです」

それを聞いた社長は、隣の重役と顔を見合わせて頷き合った。

「男爵。もし、よろしければ、の話ですが——」

そして、提案した。

「わが社の長距離ライフル銃をお使いになってみませんか？　もちろん、試供品扱いということで、無償で提供させていただきます。納品時には、技術者をイタリアまで同行させて男爵のご希望に合った調整をさせます。場合によっては、完全なカスタム化でもかまいません。むしろ、そうしていただきたいくらいです」

社長の熱意は、通訳を通しても充分に伝わってきていた。

「なるほど」

逆に、近衛は冷静に言った。

「大変ありがたいお話ですが、これは、完全に私の個人的な趣味の話であり、ビジネスの話ではないのです。ご存知かもしれませんが、私の職業上の立場には他の銃器会社さんなどとの契約上の絡みがあります。ですから、そのような御厚意をいただいても、ご期待に沿えるようなお返しはできないと思いますが」

実際、近衛はイタリアのペラッツイ社、ベレッタ社、そして、日本のＭＪ社と契約関係にある身だった。

「いや、どうか、誤解をなさらないでください。私どもは、あなたとビジネスをするためにわざわざモスクワから来たわけではありません。ましてや、今回のことを何かの宣伝に使おうとなどという考えもありません。純粋に、男爵に使っていただくという〝栄誉〟だけがほしかったのです」

「ほう」近衛は、ゆっくりとエスプレッソを口にした。

そして、言った。

「そこまで言っていただけるのなら、検討させていただきます。ただし、先ほども申しましたように、他社さんとの契約上、問題がないかを確認しなければなりませんので、少しその時間をいただきますが」

「それで結構です。ゆっくりご検討ください」

それを聞いた二人は嬉しそうだった。

「ところで、さきほど、その銃のカスタム化の話が出ましたが、実際、普及タイプの銃にさらに飛距離を伸ばすような改良はできるのでしょうか?」

近衛のその質問を聞いた二人は、さらに嬉しそうに顔を見合わせた。

「できます!」

社長が、自信ありげに言いきった。

「実は、最近、あるスジから同じような依頼がありまして、対応したばかりなのです」

「そうですか。それは良かった。どうせ、御社の製品を使うのなら、できるだけ遠くに飛ばしたいですからね」

近衛は、社長が言ったそのあるスジが誰なのかを、工藤辰夫から内々に聞いて知っていた。だが、それは口にしない。

「ちなみに、だいたい、どのくらいまで飛ばせそうなのですか？」

「まだ、テストを始めたばかりですが、計算上は4キロを超えられるのではないかと考えております」

「ほう、それは楽しみですね」

近衛が、満足げに頷いた。

会話がいったん落ち着いたのを見計らって、ジオヴァネッティが彼らに言った。

「せっかく、遠方からお越しいただいたのですが、男爵はそろそろ次のご予定が……」

「はい、結構です。今日は、これで充分です」

ロバエフ社の二人は、あわてて席を立った。

ジオヴァネッティが、測ったように待機していた職員を二人に紹介した。

「彼は、市の観光課の人間です。せっかくミラノにお越しくださったのですから、時間の許す限り、市内観光をしていらしてください。彼に案内をさせますので。もちろん、移動の車も、食事代もすべて当方で負担させていただきます」

「それは、ありがたい。では、お言葉に甘えさせていただきます」

感激した二人は、何度も頭を下げて部屋から出て行った。

それを見送り終わると、ジオヴァネッティがやれやれといった表情でソファにドスンと座った。

「これでいいのか、近衛？」

「うん、ご苦労様」

近衛は足を組んで楽にすると、再びエスプレッソを口にした。

「それにしても、ジオ。君は、相変わらず段取りのいいやつだな」

「おまえのお望み通り、最短で用件を済ますためにああしたのさ。俺の方も、ロシア人をここに長居させたくなかったしな」

「もう少し、相手をしてやってもよかったんじゃないか。わざわざモスクワから来てもらったのに、可哀想なことをしたよ。思っていたほど、悪い連中ではなさそうだった」

「ああ。調べた限りでは、あの創業社長はアメリカで銃を学んで起業した生粋の技術者だ。軍の傀儡でもなさそうだ。純粋におまえのファンのようだな」

ジオヴァネッティは、もともとは警察畑の出身で情報収集には事欠かなかった。多くのイタリアのオリンピアたちと同様に、彼がクレー射撃の選手だった若い頃は、内務省所属の国家警察の中の機関・フィアンメ・オーロ（体育部局）の一員だったのだ。

「ところで、工藤にはいつ会うんだ？」

「二十四時間以内に会うよ。実は、あいつはすぐ近くに来て僕を待っているんだ」

「ええっ、来ているのか。近くって、どこだい？」

「ザルツカンマーグートだ」

「ザルツって、ちょっと待てよ。おまえたち、まさか俺に内緒で狩猟を楽しもうって魂胆じゃないだろうな」

「別に、内緒にしていたわけじゃない。あいつが知事を引退してからは、恒例のことだ。君はまだ、現役の知事さんだから声をかけるのを遠慮していただけだ」

近衛が笑いながら言った。

予想通りのジオヴァネッティの反応だったからだ。

「飛行機のチケットはもう用意したのか？」

「いや、これからだ」

それを聞くやいなや、ジオヴァネッティは、備え付けの電話から秘書室に内線を入れた。

「大至急、ザルツブルク行きのチケットを手配してくれ。うん、二枚だ！」

近衛は、その様子をニヤニヤと笑って見ていた。

「それから、ホテルはカイザー・ヴィラだ。シングルの部屋を二つ予約してくれ」

すべての指示を伝え終わると、ジオヴァネッティは満足げに受話器を置いた。そして、何も言わずに近衛の顔を見て、ニヤッと笑みを浮かべて返した。

「やはり、段取りのいいやつだ」

そう言って、近衛がまた笑った。

警備犬レオン

静岡県御殿場市、東富士演習場外縁部――。

隊員が連れていたジャーマン・シェパードが急に立ち止まった。

そして、小さく吠えた。

「どうした、レオン？」

立ち止まり、じっと林の中を見つめている警備犬のその姿に隊員は違和感を覚えた。

レオンの様子は、土砂や雪などに埋もれた被害者を探し出す人命救助の時に見せるそれと同じだった。実際、週に一回はそういう訓練をする。土砂や瓦礫の中に人の匂いを仕込んで探させる災害救助を想定した訓練だ。

何かを感知すると、隊員に向かって小さく吠えて知らせるのである。

だが、今はその訓練中ではない。

林の中に何かがいるのだろうか。

少なくとも、それは兎や鹿のような動物の類ではない。災害救助の訓練を受けている警備犬は、動物はいてもやり過ごす。探す相手は人間だけなのだ。しかし、基本的に、この界隈には人が訪れることはめったにない。近くに停めてあるそれらしい車もない。

レオンが、もう一回小さく吠えた。

そして、隊員の顔を見て指示を仰いでいた。

とりあえず、ゴー・サインを出すことにした。

「よし、行け！」

隊員の合図とともに、レオンが林の中へ小走りで進んでいった。

レオンはすでに目標物を特定しているようだった。前に突き出たその鼻は、左右にぶれることなく、ひとつの目標に向かって真っすぐに突き進んでいた。

それは、警察犬のように地面に鼻をこすらせながら目標物の残した臭いを追っていく、いわゆる〝地鼻〟ではない。充分に訓練された警備犬は、地鼻は補助的に使い、〝高鼻〟を多用する。高鼻とは、空気中に漂う様々な匂いの中から人間の発する臭いを嗅ぎ分ける能力のことである。

三〇メートルも行かないうちに小さな平地が現れ、レオンはそこで止まった。

そして、地面を掘り始めた。

写真立ては物語る

翌日――。
その学生寮は千葉県柏市内にあった。

大学のキャンパスがある柏の森駅からは、車で一〇分ほどかかった。

鈴木翔英は、堀内真里華が入居する寮の入口の前で所在無げに立っていた。

結局、彼女との連絡はとれずじまいだった。翔英は、ほとんど眠れずに三日目の朝を迎えていた。

じきに、工藤瑞穂が管理人を連れて戻ってきた。

「よろしくお願いします」

翔英が頭を下げると、

「大切な試合が近づいているのに、大変ですね」

管理人は、何を疑う様子でもなく普通に挨拶をしてきた。

「堀内さんが射撃の競技で活躍されているのはよく知っていますよ。どうしちゃったんでしょうね」

事前の打ち合わせで、瑞穂は大学のクレー射撃部の部長、翔英はコーチということにしてあった。大事な試合の前に、練習を無断欠勤しているので見に来たというのが表向きの訪問理由だった。

「規則では、まず彼女の親御さんの許可をいただくことになっているのですが、あいにくと、お父様とはまだ連絡がつきませんし、何よりも、部長さんがおっしゃる通り、鉄砲の管理状況の確認だけはしておかなくてはまずいですからね」

と、一瞬、翔英は訊き返そうとしたが、頷いてみせる瑞穂のアイコンタクトですぐに事情が呑み込めた。

「えっ？」

鉄砲の管理状況の確認という相手に有無を言わせぬ殺し文句は、瑞穂がアドリブで考えたものだった。

カードキーと暗証番号の組み合わせで建物の玄関が開けられる。

そして、階段を使って三階へ向かう。

「何もなければいいけど」

彼女の部屋が近づくにつれ、翔英の不安はどんどん高まっていた。

「それについては、大丈夫ですよ。皆さんが心配されているような、堀内さんが部屋の中で倒れているというようなことはないと思いますから、ご安心ください」

管理人が力強く言った。

「なぜ、そう思われるんですか？」

「このカードキーで、入居者さんの入室、退室は、きっちりと記録されていますから。さっき調べましたら、堀内さんは、三日前の午前中に退室されてからは部屋に入室されていませんので」

「そういうことですか。よかった」

翔英は、まずは安堵した。

「最近、堀内さんに何か変わった様子はありませんでしたか？」

今度は、瑞穂が訊いた。

「それは、私にはわかりません。この寮の管理システム上、それほど顔を合わす機会はありませんから。ただ、会えば、きちんと挨拶をしてくれる気持ちのいい娘さんですよ」

「そうですか」

三人は、彼女の部屋の前に着いた。

念のためにチャイムを鳴らし、何度か声をかけてみて不在を確かめてから、管理人が彼女の部屋の鍵を開けた。

管理人が言う通り、彼女はそこにはいなかった。

管理人に言った手前、一番始めに銃の確認をした。専用の銃ロッカーには施錠がしてあったが、翔英はその番号を知っていた。彼女の誕生日と同じだったからだ。鍵を開けてロッカーの中を確認すると、二挺の競技用散弾銃が、きちんとした状態で保管されていた。管理人は胸をなでおろしていた。瑞穂はそれ以上にほっとしていたようだった。

次に、皆で携帯電話を探す。しかし、部屋にはなかった。

「充電器が置いてあるということは、長く留守にするつもりはなかった、ということか」

翔英は、何か手掛かりになるものはないかと必死だった。

「どうやら、フラれたわけではないようね」

瑞穂が呟くように言った。

「えっ、どうしてですか？」

「ほら、ご覧なさいよ」

彼女が、ベッドの頭の部分の台の方を指さした。

そこには、写真立てが二つ置かれていた。その二つともに、翔英の写真が入れられていた。

「彼女は、翔英君に首ったけよ」

管理人に何かわかった時のための連絡先を渡し、二人はその学生寮を後にした。

当たらぬ矢

東京、朝の目白台――。

学習院大学のキャンパスの構内にある部室棟の屋上にその弓道場があった。

落ち着いた色合いの広い木製床の射場《しゃじょう》に、五十嵐麻美がいた。

彼女は、矢を放つ動作に入っていた。

弓道の袴姿だ。気分転換をしたい休日には、こうして母校に一人で弓を撃ちに来ていた。麻美の親代わりの叔母もこの大学の弓道部のＯＧであり、多額の寄付をしていることから、部活のない日はこうして一人で道場を独占することができていた。

静かなこの和式造りの佇まいに自分の身を置くことが、彼女にとって一番の心の安らぎだった。

そして、袴姿になれることも大きな理由のひとつだった。袴を着ると、不思議と心が休まる。もともとの、あるべき自分を取り戻せているような落ち着いた感覚になれる。おそらくそれは、自分の体に流れている血筋のせいかもしれなかった。

胴造りを終えた麻美が、いよいよ弦を引き始めた。矢を放ち終わるまでには独特の間合いがある。そのひとつひとつの動作、ふるまいにはそれぞれに深い意味がある。古より継承されてきた所作だ。

弦が彼女の耳の後ろの位置まで引き絞られる。だが、微動だにしない。いったい、細身の彼女の体のどこに、それだけの力があるのだろうかと思われるほどであった。

やがて、矢が放たれた。矢は、二八メートル先に据えられた直径三六センチの的を少し外れた。気を取り直して、再び次の矢を放つ。だが、一本目と同様に、その矢も的に当てることはできなかった。

「やっぱり」

麻美は、外れた理由がわかっていた。

矢を放つ時に、心を無の状態にできていなかったからだ。煩悩を取り去ることができていなかったからだ。本来なら、心を無の状態にして矢が自然に放たれるのを待たなければならない。自分から離すのではなく、あくまでも機が熟すのを待ち、自然に離れていくようにしなければならない。それはよく、葉末にたまった雨露が自然に地に落ちるがごとく、と表現される。今日の自分は、そうすることができなかった。

心に、そこまでの余裕がないからだ。

自分の気持ちを偽って振る舞わなければならない今の日常の状況に、限界を感じてきていたからだ。もどかしい毎日が続いていた。彼女は、それが辛くて仕方がなかった。

麻美は、射場に一礼し、そそくさと帰り支度を始めた。今の自分の不安定な心の状態を落ち着かせるには、この弓道場でも無理だと悟ったからだ。

普段着に着替えた彼女は、電話を一本かけると自分の車に乗り込んだ。

そして、母校を後にした。向かう先は一つしかない。

二人の男

滋賀県米原市甲田町――。

JR米原駅から南へ二キロほど下った県道沿いにその店舗はあった。

店や建物が立ち並ぶ駅の周辺から少し離れたその界隈になると、店舗も人通りもほとんどない。

頑丈そうなコンクリート造りのその店先には、『堀内銃砲店』と書かれた看板が掛けられている。店舗の脇の駐車スペースには、一台の警察車両が停められていた。そして、店の入り口のシャッターは、地面まで二〇センチほどを残して九割がた下ろされていた。

二〇メートルくらい離れた道の反対側から、サングラスをかけた二人の男がその店舗の様子をうかがっていた。季節柄軽い服装の地元民とは明らかにいで立ちを異にする男たちだ。初夏であるというのにダークスーツをきっちりと着込んでいる。そして、彼らは見るからに鍛えられてがっしりとした体格だった。

しばらくして、男の一人が、サングラスを外してすぐそばにある酒屋へ入った。

年配の店主がレジの横に座って新聞を読んでいた。

男は冷蔵用の棚からコーラを二本取ると、レジへ向かった。会計をしながら、何気なく店主に話しかける。

「向かいの堀内さんの店舗で、何かあったのですか?」

「おたくさんは、警察の方?」

店主は、怪訝そうに訊き返した。

「いえ、ちがいます。鉄砲の取引関係の者です。やっているはずなのですが、閉まっているものですから」

「なんだ、そうですか。実は、さっきまで警察の方にあれこれと訊かれたもんですから、また、何か訊かれるのかと」

店主は、ほっとしたように続けた。

「堀内さんは亡くなりましたよ」

「ええっ、本当ですか。何で亡くなられたのですか？」

「それが、よくわからないんですよ」

「だって、ご店主は、さっきまで警察にあれこれ訊かれたと」

「確かに、しつこいほどいろいろ訊かれたんですが、こちらから亡くなった理由を訊こうとすると、まだ話せないからと、お茶を濁されてしまうんです。ですから、だんだん自分が疑われているのかもしれないと感じて、嫌な気分になっちまったんです。もちろん、私は何の関係もないし、何も知りませんよ」

「なるほど、そうだったのですか。それは、災難でしたね」

男は、同情したように返した。

「まあ、今になって考えてみれば、私のところとは違って、堀内さんの店で扱っているのは何といっても鉄砲ですからね。警察の方が普通よりも神経を使うのもわかりますがね」

「そうですね。しつこかったのは、それだからでしょうね」

男が、さも納得したように相槌を打った。

その会話のやりとりで、店主も落ち着いたようだった。

「ただ、警察の方々は、事件性のある死に方ではないと考えていますよ」

「何で、そう思ったのですか？」

「警察の方の質問の中で、堀内さんは普段お酒はどのくらい飲むのかだとか、その種類は何だとか、睡眠薬は使っているのかだとか、悩みごとは抱えていたかだとか、そういうものばかり出てきましたから。おそらく、突然死か自殺の類だと思っているのだろうと感じました」

「ほう、ご店主はなかなかの洞察力をお持ちですね」

「いやいや、そんな。洞察力だなんて。でも、私の考えは違います」

「違う？　警察の方の見立てとは違うという意味ですか？」

「はい、そうです。だって、堀内さんは自殺をするような感じではありませんでしたよ。お酒の飲み方だって、我を忘れるほど飲むような人でもなかったし」

おだてられて気分がよくなったのか、店主は饒舌になっていった。

「堀内さんとは、普段から交流があったのですか？」

「それほど親しくはありませんでしたが、この辺りは、個人で出している店も少ないですから、それなりの付き合いはありました。近所のスナックで顔を合わせることもしょっちゅうありましたから。堀内さんは、奥さんを亡くされて独り身なんで、よく一人で飲みに来ていたんです」

「自分から死ぬような雰囲気はなかったのですね？」

「はい、十年以上の付き合いですから、何か変化があれば何かしら気がつくと思うんですよね。そういえば……」

「何か、思い出したのですか？」

「変化と言えば、堀内さんは今回、一週間も続けて店を閉めていました。それは、珍しい休み方でした。もちろん、今まで、旅行や出張などで長く店を休むことはありました。でも、そういう時は、必ず店の前のシャッターに張り紙をしていきますから」

「でも、亡くなられたのが一週間前だとすれば、そういう状況になるのではありませんか？」

「おそらく、それは違うと思います。その休みの間、何度か夜中に灯りがついていたんです。店の正面ではなく、裏側の部屋の灯りでしたが」

「裏側というと、お店の方ではなく、作業をする工房の方ですね？」

「はい、そうです」

「ずっと、つけっ放しのままだったのでは？」

「いいえ、違います」

店主がこの日始めて、きっぱりと言い切った。

「一度ですが、たまたま夕刻にその近くを配達で通りがかった時に、灯りが点灯するのを見ましたから」

「点灯。なるほど、そうであれば、少なくともそれまでは生きていらしたということですよね」

ダークスーツ姿の男が、深く頷いた。

茨城王の妻

五十嵐麻美が運転する車は、首都高に乗り、それから常磐道に入った。

やがて、車は水戸インターで降りた。

三十分ほど走り、市の中心地にある千波湖《せんばこ》にほど近い住宅地に入っていく。

ひときわ豪奢で巨大なその屋敷は、建物の大きさにとどまらずロータリーを配した駐車スペースの広さも尋常ではなかった。それは、この屋敷の持ち主の人との交流の広さを表していた。麻美は、慣れたように車を停め、その巨大な玄関に向かった。

「おかえりなさい。お待ちかねですよ」

出迎えた使用人の多恵は、いつもと変わらず笑顔で迎えてくれた。

還暦をとうに超えているであろう彼女は、麻美が生まれるずっと前から、この屋敷の家事のいっさいを支えてきていた。

「奥様は、バラ園の方にいらっしゃいますよ」

「ありがとう、多恵さん」

麻美が庭の南側にあるバラ園へ向かうと、工藤美穂がじょうろで水やりをしている姿が見えた。

「叔母さん！」

「おかえり、麻美」

美穂が嬉しそうに迎えた。

「ただいま」

幼少の頃に母親を亡くした麻美にとって、母の妹に当たる叔母の美穂は、母親同然の存在だった。水戸のこの屋敷は、麻美にとっては実家のようなものだった。

美穂は被っていた麦わら帽子を脱いで、腰にぶらさげていたタオルで額の汗をぬぐった。ボーイッシュな髪型の彼女は、相変わらず若々しくチャーミングだった。とても四七歳には見えない。ティーシャツにデニム地のショートパンツもよく似合っていた。

「素敵な帽子ね」

美穂が脱いだその麦わら帽子には、小さなバラの蕾のリボンがあしらってあった。

「いいでしょ。気に入った?」

「うん、とても」

「じゃあ、あなたにあげるわ」

美穂は、帽子の内側の汗を拭いて麻美に渡した。

「ありがとう!」

麻美はそれを受け取るなり、嬉しそうに自分で被ってみた。

「ピッタリね。麻美の方がよく似合うわ。今度のデートはそれを被っていきなさい。きっと、相手の男性はノックダウンよ」

「ええっ、そんな、デートなんて」

麻美が口ごもると、

「だって、今日は恋愛の相談に来たんでしょ?」

「えっ、わかるの?」

「わかるわよ。あなたの顔に書いてあるもの」

そう言って、美穂が笑った。

「もう、叔母さんの勘には、いつもかなわないわ」

「そうよ。五十嵐の一族の女は、皆、鋭いんだから。あなたにもあるのよ」

「そうかなぁ」

「さあ、中に入って冷たいものでも飲みましょ」

天井が高く広々とした応接間のテーブルには、すでに多恵が用意した冷たい飲み物と冷やした小さなタオルが置いてあった。

「そういえば、瑞穂は?」

冷えたタオルで顔の火照りを冷やしながら、麻美が訊いた。

「あの子は、今日は千葉の方に行くって言っていたわ。今朝、翔英さんが迎えに来て一緒に行ったわよ」

「へー、翔英君が。休みなのに、どこへ行ったんだろう。県警のイベントか所属選手の試合の応援かな?」

「そんな様子ではなかったわ、二人ともとてもラフな感じの服装だったし」

「そうなんだ」

「ひょっとして、あの二人は、付き合っているのかしら。考えてみたら、県警に入る前からの知り合いだし。麻美は何か聞いていない?」

美穂が興味本位に訊いてきた。

「それはないと思う」

麻美は断言した。

麻美にとって瑞穂はほとんど姉妹同然だった。互いに隠し事はない。何でも話し合ってきた仲である。もし、付き合っている相手ができれば、必ず自分に話してくるはずだった。

「辰夫叔父さんは?」

「旦那様は、海外よ。今は、イタリアの北部かオーストリアの辺りかしら」

「お仕事で?」

美穂の夫の工藤辰夫は、旅行会社や航空会社も経営しているので、海外への出張は珍しいことではなかった。

「いいえ。完全なプライベートよ。悪友と山に籠って狩猟をしているの。知事を引退してからは、日本が夏の時はよくそうするのよ。そんな時は、女の私は足手まといだと言っていつも連れて行ってもらえないのよ」

　そう言って、美穂は肩をすくめてみせた。

　工藤は、数年前まで十期に渡って県知事を務めていた。それほど彼は県民に認められていた。彼の辣腕ぶりはすでに伝説的であった。茨城県内にある自衛隊の百里基地に民間機の乗り入れを実現させ、茨城空港を開設させたのも工藤の実績だった。いつしか、人々は彼のことを〝茨城の王〟と呼ぶようになっていた。

「そうなると、お相手は近衛さんだけね。三上さんと浅尾さんは、今はオリンピックの準備でそれどころではないでしょうから」

「正解よ、近衛さんと一緒。オリンピックが始まったら、二人して帰ってくるとは言っていたけど」

　結婚してから今日にいたるまで、美穂は申し分ないほどに愛され、大切にしてもらってきた。だが、そんな彼女をもってしても、立ち入ることができないのが、工藤とその生涯の友である近衛慎一郎との仲だった。

　工藤はことあるごとに二人の関係を、「死を分かち合う仲」だと表現していた。実際に若い頃の二人には何度もそういう場面があったという。二人に三上恵造を加えた三人で、地元の暴力団を解散に追いやったこともあったらしい。驚いたことに、その時の三人はまだ高校生だったというのだ。にわかには信じがたい話だが、どうやらそれは事実のようだった。

「ところで、麻美、話があるんでしょ?」

「うん、まあ」

「話せることだけでも、話してごらんなさい」

なかなか切り出そうとしない麻美に、美穂が優しく促した。

「叔母さんと辰夫叔父さんとは、年の差婚でしょ?」

「ええ、そうよ。二回り離れているからね」

夫の工藤辰夫が、当時、学習院の現役の女子大学生だった美穂を見染めた時は、すでに四十歳をとうに越えていた。

「結婚しようと考えた時は、何も不安がなかったの?」

「人並みにあったわよ。でもそれは年の差とかではなくて、普通の人と同じように、純粋に結婚することへの不安よ。だって私は若かったし、旦那様も初婚だったからね。年が離れていること自体で不安だと思ったことはないわよ」

「へぇー、そうなんだ」

「あえて私からは名前は出さないけど、あなたの想っている人が、私が想像している人なら、たったひと回りの違いじゃないの。まったく、問題ないわよ」

「そうかー」

麻美は、否定することもなく素直に頷いていた。

「もうひとつ訊きたいんだけど、結婚の時、何も障害がなかったの？」

「例えば、どんな障害？」

「会の方は、問題なかったの？」

「ああ、それね。それも、まったく問題なかったわ」

「だって、当時の叔母さんは、候補の一人だったんでしょ？」

「そうだったけど、それについてはとても運がよかったの。旦那様は、当時はもう県知事になっていたから、茨城県の警察のトップってことにもなるわけよ。会はそのことをとても喜んだの。それに、理解を示してくれた旦那様は、会に物凄い額の寄付をしてくれたの。だから、会としてはむしろ大歓迎だったのよ」

「やっぱり、辰夫叔父さんは凄いなー」

「そうね、旦那様の凄いところは、情熱を実現させるためには、どんなに大きな相手であろうと、必ず突破口を見つけて解決してしまうところでしょうね。でなければ、自衛隊の基地を民間の飛行場なんかにできるわけないものね」

「それだけ、叔母さんとの結婚に情熱を持っていたってことだよね。いいなぁー」

「まあね。五十嵐美穂は、それだけの価値がある女だったってことよ」

そう言って、美穂が得意気に鼻を高々と上げて見せた。

「もう、叔母さんたら、調子に乗りすぎっ」

二人は大笑いした。

「でもね、麻美」

美穂が、麻美を見据えて言った。

「情熱の表現の仕方は、人それぞれよ。もちろん、用意したお金の額でもないわ。一番大切なのは、相手の方とあなた自身が、どれだけパートナーとしてお互いを必要としているか、という気持ちよ。わかるわね、麻美?」

「うん、うん」

麻美は目頭を熱くしながら、何度も、何度も、頷いていた。

狩猟の館

オーストリア、ザルツカンマーグート――。

ザルツブルク空港から、東南に六〇キロほどのところにハルシュタット湖がある。

その湖畔まで一キロほどの森林帯の中に目指すホテルがあった。

もともとはこの地方を治める皇帝フランツ・ヨーゼフの夏用の別荘であった。周辺の庭園などの保護のために建物のそばまで車で乗り入れることはできず、ホテルの利用者はかなり手前で車から降ろされて、歩くことになる。

タクシーを降りた近衛慎一郎とルキアーノ・ジオヴァネッティは、慣れた様子で歩き始めた。二人とも、ここへは何度も訪れていた。

常緑針葉樹の広大なこの森林帯は、昔から絶好の猟場であり、ヨーロッパ中の狩猟好きが訪れる。そのために、森林帯の中には、多くの狩猟用の小屋が点在していた。狩猟小屋は高台に設置されているものだけでなく、待ち伏せハンティング用に平地にある高木の中段にも造られている。鹿などの野生動物は食べる草ばかりを見る習性があるために、高い木の上の小屋に潜んでハンティングするのだ。

木立の間を抜けると、ホテル・カイザー・ヴィラが姿を見せた。

建物のいたるところに鹿のレリーフがあることからもわかるように、持ち主の皇帝も大の狩猟好きであったことから、現在もこのホテルは狩猟愛好家たちが好んで使っているのだ。

二人が玄関を入ると、ロビーで工藤辰夫が待ちかねていた。

「慎ちゃん！」

入ってくるのを見かけるや否や、彼が大声で近衛の名を呼んだ。

男爵のことを気軽に名前呼びできるのは、世界の中で彼一人だろう。それは、高校生の時からのそのままの呼び方であった。

「わはは、ジオも一緒か！」

近衛と一緒に近づいてくるイタリアの旧友に向かって彼が、豪快に笑った。

「お邪魔だったかな？」

「馬鹿を言うな。大歓迎だ！」

三人が一緒の時は、英語が使われていた。

「よく言うぜ、内緒だったくせに」

言いながらも、二人は歩み寄って肩を抱き合った。

「誤解するな、ジオ。今回は、他の人間を巻き込みたくないから配慮したんだ。そうだよなっ、慎ちゃん？」

同意を得るように、工藤が近衛に訊いた。

「ああ、そうだ。しかし、俺も最初はそう思っていたが、結局は、ジオを巻き込んじまったようだ」

近衛が、笑いながら詫びた。

「おまえたちとなら、何に巻き込まれてもかまわないさ。むしろ、秘密にされる方が悲しいぞ。で、いったい、何を探っているんだ。ん？　ん？」

ジオヴァネッティが、小さく両手を広げて、二人の顔を交互に伺った。

「まあ、そう言われるほど大したことでもないんだが」

少しだけ躊躇しながら、工藤が提案した。

「ここだと人目もあるから、外で話そう」

三人が移動しようとすると、近衛が誰かに呼び止められた。

「セニョール、近衛！」

見ると、四人の中年の男が申し訳なさそうに立っていた。

服装からして、遊びに来たハンティングの仲間同士のようだった。声をかけてきた男はカメラを持っている。

「男爵、プライベートのところを申し訳ありませんが、一緒に写真をよろしいでしょうか？」

射撃がからむ場所でのこういった光景は日常的だった。

「すまんが、辰夫。先に行っていてくれ」

と言う近衛に、

「わかった。テラスにいる」

工藤は、指でオーケイ・マークを作って返した。

工藤もジオヴァネッティも、こういった状況には慣れっこになっていた。

四人の男たちにとってのバロン・近衛は、ハリウッドのスターと同じだった。

ある意味、近衛のその偉大さを身をもって知っている数少ない人間が、ジオヴァネッティ自身であった。

二人が初めて出会ったのは、ジオヴァネッティがまだ二十三歳の時だった。当時、彼は若輩ながらミュンヘン・オリンピックのイタリアの射撃チームの練習に参加していた。イタリアの次期エースを確実視されていたからだ。

当時のイタリアチームは、前評判では史上最強と言われており、事実、ミュンヘン・オリンピックでは金と銅を獲得した。だが、当時のメンバーは誰もそれを喜べなかった。直前の練習中に、偶然見学に来ていた近衛にコテンパンに負かされていたからだ。彼らがどんなに真剣に勝負しても、まったく歯が立たなかったのだ。

それを目の当たりにした若きジオヴァネッティは、驚愕を隠せなかった。だが、驚かされたのはそれだけではなかった。自分と同い年くらいだと思っていた近衛は、実はその時まだ、十九歳で未成年だったのだ。

その後、ジオヴァネッティはモスクワ、ロサンゼルスと、連続して二度のオリンピックを制覇した。だが、彼は自分が世界のトップであると思えたことは一度もなかった。近衛の実力には遠く及ばないということがわかっていたからだ。

世界のひのき舞台にデビューし、数々の記録と伝説を作り始める遥か以前から、近衛慎一郎は実質的な世界のナンバー・ワンだったのだ。

「さあ、皆さん。どうぞ」

近衛は、四人に向かって笑顔で応えた。

「ありがとうございます！」

四人は嬉しそうに、交互に写す役目を交代して、レジェンドとの記念撮影を楽しんだ。

ホテルの一階にあるカフェは、そのまま建物の外の庭に続くオープン・テラスの席があった。工藤はそちらの方を選んだ。

「で、工藤」

注文取りに来た店員が去るのを確認してから、ジオヴァネッティが訊いた。

「その巻き込みたくないことというのは何だい。ロシアが絡んでいるようだが？」

「うん、絡んではいるが、どうやら直接的なものではなさそうだ。問題があるとすれば、その取引先の方なんだ。とは言うものの、俺はロシアのそのスジには面が割れちまっているので、今回、慎ちゃんに協力してもらったんだ」

工藤が、説明を続けた。

「その流れで、面会する相手の素性を確認しておく必要があったので、結局、情報通のおまえを巻き込んでしまったということだ。事前に話さなくてすまなかった」

「気にするな。話せる範囲でいいから、理由を聞かせてくれないか？」

「うん、もちろんだ。実は、日本のあるスジから俺の事務所に調査依頼があったんだ。最近、ロシアから、かなりやばい銃の設計図が取引されたらしい」

工藤は、事のいきさつを説明し始めた。

第三章　警視庁の顔

身元不明の死体

静岡県御殿場市、東富士演習場界隈――。

大きく直方体に掘り返された穴を、二人の刑事が見下ろしていた。

「あと数日で開催だって時に。これで、ゆっくりオリンピック観戦はできなくなるかもなぁ」

穴に横たわるその死体を眺めながら、先輩の刑事がため息混じりに言った。

「確かに、厄介な事案になりそうですね」

先輩刑事のやる気のなさに内心呆れつつも、その点については及川仁志も同調した。

まだ刑事になって日が浅い彼にでも、それがわかった。

埋められていた三十代から四十代の男の死因は、刃物によるものだったからだ。それは、鑑識官の判断を待つまでもなく、現状の目視でも判断できた。埋められていたとはいえ、その死体が、まだ新しいからだ。

あらかたの土が落とされると、鑑識が始まった。

すぐに、死後二日前後だろうという判断がなされた。それは、まちがいなさそうだった。発見者の自衛官の供述と一致するからだ。正確に言うと、発見したのは、その自衛官が訓練で連れていた犬だった。自衛隊の警備犬である。訓練のために週に二日は演習場の周囲の森林帯を回っていた。前回は三日前で、まったく同じコースを回っていたという。

その警備犬は、折り紙付きの優秀さだった。候補の中で四%しかなれない警備犬の中でもさらに優秀だという。仮に、三日前に同じ場所に死体が埋まっていれば、その犬は必ず同じように気がつくはずだという。つまり、少なくとも三日前には、死体はここに埋まっていなかったことになる。

「死体を埋めた犯人は、まさかこんなに早く発見されてしまうとは思ってもみなかっただろうな」

「そうですね。自衛隊の警備犬は災害時には人命救助のためにも活動しますから、土砂に埋もれた人間を見つけ出すのが本分ですからね。犯人側にしてみれば、極めて運が悪かったということになりますね」

だが、今のところ判明したのはそこまでだった。

埋められていた男には、身分を明かすようなものが何もなかったからだ。あとは、正式な鑑識からの結果報告を待たなければならなかった。

「お待たせしました」

同じ御殿場署の男が到着した。

彼は、自衛隊の東富士演習場との連絡係を担当していた。地元警察である御殿場署と自衛隊とは、互いに演習時の日程や時間のスケジュール調整などで綿密な情報共有が欠かせなかった。時には、大掛かりな交通規制を伴うからだ。そのために、彼のような連絡用の人員が存在するのだ。

周辺の聞き込みを担当する署員を残して、及川ら二人の刑事は、連絡係の男の車に同乗すると、演習場の中にある管理施設へ向かった。自衛隊に捜査協力を求めるためだった。

依代の憂い

三重県伊勢市朝熊ケ岳山麓――。

それは、鬱蒼とした朝熊山の木々を背に、ひときわ重厚で豪奢な門構えの和風建築だった。

大きな表札には『天照会』とあった。

長い廊下を渡ってきた六十歳ほどの男が、一段高い広間の入口の前で中に向かって声をかけた。

「依代《よりしろ》さま、真島です」

「お入りください」

拝殿に向かって座ったまま、その綺麗な白髪混じりの女性が答えた。

真島と名乗った男が一礼して、入り口側に正座をした。その女性も拝殿に一礼をしてから、真島の方に向きを変えて座りなおした。

細面の美しい顔立ちには、得も言われぬ品格がうかがえた。

「それで、何かわかりましたか？」

「はい。まだ、調査中ですが、〝鳥《とり》〟たちの調査報告によると、国友の神宮衛士の死因は、やはり他殺の可能性があるようです」

「もし、そうであれば、面倒な展開になるかもしれませんね」

依代と呼ばれた白髪混じりの女は、その報告の答えを予期していたかのように静かに目を閉じた。

「依代さま。まだ、〝憂い〟は続いていますか？」

「ええ、少しずつ、強くなって来ているようです」

「そうですか。やはり、それは？」

「ええ、大蛇《おろち》の動きを感じます」

「そうですか」

真島は少し考えてから、言葉を続けた。

「それでは、予定通り、凰鳥《おうちょう》さまに動いていただきましょうか？」

「ええ、そうしてください」

「かしこまりました。すぐに、連絡を取ります」

浅尾からの警告

宗方俊夫の個人用の携帯が鳴った。

「宗方さん、ご無沙汰しております」

相手は、浅尾義和からだった。

「取り急ぎ、お伝えしておいたほうがいいと思ったものですから。そちらも、同じだと思いますが、こちらもオリンピックで忙殺されているので、要点のみで失礼しますが」

本人も認めるように、スポーツ大臣である浅尾は、まちがいなく、今、最も忙しい日本人の一人だった。

しかし、そんな最中の電話である。よほどのことだったのだろう。

「それでかまいませんが。大臣、どうされました?」

「私の研究所からの報告ですが、好ましくない人物が入国してきているかもしれません」

「大陸側からですか?」

「ええ、そうです。おそらく、外事の公安さんでは把握しきれていない類の者たちです。取り越し苦労で終わるかもしれませんが、時期が時期なので、念のために、あなたにだけはお伝えしておこうと思いまして」

「かまいません。助かります。今、『者たち』とおっしゃいましたが、人数は一人ではないと？」

「ええ、二名です。だから、引っかかったのです。一人だけなら、うちの研究所の所員でも見過ごしていたでしょう」

「と、言いますと？」

「詳細は、のちほど、その所員から直接連絡させます」

「わかりました。お待ちしております。ご厚意、感謝します」

浅尾との電話が終わってから、すぐに電話が入った。

浅尾が主宰するアジア経済研究所の所員からだった。研究所とは言っても、それは表向きの体裁で、実態は浅尾グループの情報収集機関だった。

その所員が、詳細を報告してきた。

数日前に、一日違いで入国した二人のアジア系外国人がいた。先に入国した一人は、福岡空港に飛行機を使っての入国だった。一日遅れで入国したもう一人は、釜山経由でフェリーで博多港に入っていた。ところが、辿っていくと、その二人は、同じ日時に同じ住所から出発していたのだ。

「なるほど、確かに不自然だ。それは要チェックですね」

宗方は、二名だから引っかかった、と言った浅尾の言葉の意味を理解した。

「その二名の、その後の行先はわかりますか？」

北九州に別々に入ったその二名は、翌日、福岡空港から同じ便で成田まで移動していた。しかし、浅尾の研究所で追えたのはそこまでだった。ただし、その二名が、成田から出国した形跡はないという。

「その二名は、まだ日本にとどまっている可能性があるのですね。わかりました。そこから先はこちらで調べてみます。ありがとうございました。大臣に、よろしくお伝えください」

礼を言って、電話を切るや否や、宗方はその方面の担当の部下を呼んだ。

高所作業車

翌日、及川仁志は四人の鑑識官とともに、再び現場を訪れていた。

北側には自衛隊の演習場の敷地を囲う鉄条網がどこまでも続く。それに沿って車一台が通れる程度の幅の未舗装の道が通っている。その道の反対側はすぐに深い森林帯になっている。死体が埋められていたのはその道から二五メートルほど林の中に入ったところだ。すでにその死体は監察医の元へ運ばれている。

及川は、改めてこれが厄介な事案になりそうだと感じていた。

死因は、やはり刃物による刺殺だった。使われた刃物は、かなり大きなものらしい。そして、それは包丁のような代用品ではなく、本格的に肉を刺す刃物、つまり人などを殺傷する武器らしいとまではわかっていた。犯行者は、その凶器を使うことに手慣れている。相手を確実に仕留めるために、念入りに三回刺している。さらに、事ののちに刃物に着いた血を被害者のシャツで拭いているのだ。人を刺して殺すことにためらいがなく、平然とやってのけられる種類の男だ。死体から得られる情報は多少なりともあった。だが、依然として、肝心のその死体が誰なのかはわかっていなかった。

この界隈は人が立ち寄るような場所ではないので、目撃者などは現れない。街中に設置されているような防犯カメラなどもない。今のところ、それらしき行方不明者の情報も入ってきていなかった。先輩刑事のうちの一人は、件の連絡係と一緒に場所がら可能性のある自衛隊の関係者を調べていた。だが、そちらのほうも該当者は見当たらないようだった。死体、つまり被害者が誰なのかがわからなければ、捜査のしようがない。

だが、悪いことばかりではなかった。

「及川刑事、被害者は埋められたこの穴からそう遠くない場所で殺害されたのかもしれませんよ」

電話連絡を終えた鑑識官のチーフである松村隆弘が言った。五十歳を超えるベテランの鑑識官だった。

「というと?」

「今、連絡が入ったのですが、被害者の靴底に深く付着していた土はこの周辺のものと同じでした」

「土の種類で場所が限定できたんですか?」

「できます。幸いにも。この辺りは開発されていないので、昔の手つかずのままの状態が残っているのです。具体的に言うと、この辺りの土には火山礫の細かいものが多く含まれているのです。他の地域にはこういったものは混じっていません」

地元の警察ならではの早い分析だった。

「富士山のものか」

「そういうことです。それから、この穴の周辺にあるゲソ痕(靴跡)は、二種類です」

「つまり、犯人は二人」

「ええ。靴のサイズは二七センチと二六・五センチです。普通に考えると両方とも男性でしょうね」

松村は続けた。

「これほどに鮮明に、ゲソ痕が残っているケースは珍しいですよ。やはり、こんなに早く発見されるとは思っていなかったのでしょう。運がいいですよ。ここまではっきりとしたゲソ痕なら、警察犬を使うまでもないでしょう。このままこれをたどっていけば、ひょっとして」

「犯行現場にたどり着けるかもしれない！」

及川は少し興奮気味に返した。

松村の予想通りだった。二〇メートルも行かないうちにそれらしき場所にたどり着いた。そこは、七、八メートル四方の大きさで開けた平地だった。そこには、追ってきた二人の靴跡が方向の定まらない状態で無数に見られた。さらに、

「及川刑事、二人以外のゲソ痕もひとつ混じっています。それが、被害者のものかもしれませんよ」

そう言うと、松村が別の鑑識員を呼んで新しい三つ目の靴跡の型を取るように指示した。

「靴底の深さや形と左右のバランスから考えると、被害者はまだ自分で普通に歩いていますね」

「つまり、ここまでは生きていた。そして、ここで――」

及川がそう言いかけた時、それが証明された。

「ありました！」

別の鑑識官が叫んだ。

「おそらく、血痕です」

皆は、白い手袋をした彼の指の先を凝視した。

その土の上には、何かが染みて固まった跡がはっきりと残っていた。

「ここで……」

「すみませんが、君は先に帰って、この検体の分析と被害者のものとの照合確認をしてください。大至急で」

松村は、その鑑識官に急ぎの指示を出した。

及川らは、すぐに周囲の捜索に入った。

平地の北側に車のタイヤ痕があった。それは、演習場の外側に沿っている道へ続いていた。

「どうやら、車は一台のようですね。しかも、普通乗用車ではない」

「なぜわかるんですか?」

「後輪がダブルですから、大型車の部類です」

松村は当たり前のことのように言った。

「ここで、しばらく停車していますね」

停車位置から少し離れたところで、及川が落ちている何かに気づいた。

土の上で鈍く光る金属製の筒だ。

それは使用後の銃の薬きょうだった。及川たちが携帯している拳銃のものとは比較にならないほど大きいものだった。

「松村さん、これは?」

及川から手渡されたそれの大きさを見た松村の顔が少し緩んだ。

「ああ、この辺りではよく転がっているんですよ。自衛隊さんの演習の時のものです。何だろうな、ライフル用の弾にしては大きいようにも思えるし、戦車とか機銃用のものかなぁ」

「その類のものかもしれませんが、一応、確認をお願いします」

「これを、ですか？」

松村が、思わず眉をひそめた。

「はい、念のために」

及川は申し訳なさそうに頼んだ。

「わかりました」

松村は、半ば渋々と引き受けた。

とにかく、何でもかんでも闇雲に確認しておこうとするのは、刑事になってまだ日が浅い人間にありがちなことなのだと、経験豊かな彼は自分に言い聞かせて従った。

再び、及川が気づいた。

「松村さん、これは何の跡ですかね？」

停車していた車のタイヤ痕の真横に三〇センチほどの正方形のへこみがあった。

「ああ、それはおそらく、アウトリガーの跡ですよ」

言いながら松村は、車の長軸に対して左右が対象になる反対側を見せた。

「こちらにも同じ跡がありますから、間違いないでしょう」

「アウトリガーというのは？」

「ほら、クレーン車が停まって作業する時に、車両の左右を安定させるために足をせり出すでしょう」

「ああ、あれのことか」

「及川刑事。すみませんが、ちょっと手を貸してください。このメジャーの端を持ってください」

松村は、及川に手伝わせながらタイヤ痕の間隔の寸法を測った。それを手帳に書き込んでいく。

「クレーン車にしては小さすぎますね」

呟きながら、松村はショルダーバッグの中からタブレットを取り出した。手慣れた手つきで、液晶モニターに指を走らせる。

「あった、これですね」

松村が、タブレットの写真を見せた。

「これは、電線の工事とかで見かける」

「高所作業車です。この現場に残されたタイヤ痕の幅の寸法から割り出すと、このトラック式のタイプの高所作業車になります。作業台の高さは、九・九メートルのものと一二・一メートルの二種類があります」

鑑識員専用の情報タブレットには、あらゆる種類の車両のデータが保管されている。

「個人所有のものであれば少し時間がかかりますが、もしこれがレンタルされたものであれば、意外と早く借り主が割り出せるかもしれませんよ」

「確かに、そうだ。松村さん、監察医のところにいる仏さんの顔写真を急いでこちらに送るように、誰かに頼んでください！」

及川は思わず叫んでいた。

「わかりました。すぐに手配します」

及川は、自分の携帯で検索を始めた。検索ワードは、高所作業車、レンタル、御殿場市周辺、だ。

翔英の嘆き

鈴木翔英と工藤瑞穂は、再び千葉県柏市に向かった。

学生寮の管理人から連絡があったからだ。

残念ながら、堀内真里華の所在が分かったという内容ではない。彼女の自転車が乗り捨てられているという連絡が地元の交番から入ったのだった。

道路の管理をしている市の職員が、道路わきの茂みの中に放置してあった自転車がまだ真新しいので警察に問い合わせをしてくれたのだ。

二人は市の道路管理事務所にいる通報をしてくれた職員を訪ねた。話を訊いた後、すぐに乗り捨ててあった場所へ向かった。親切なその職員は、乗り捨てられた正確な場所とそこのストリート・ビュー画像を印刷してくれた。

そこは、学生寮と最寄り駅のちょうど中間位の場所だった。一キロ以上続くその狭い道路の片面は、整地はされているが何もない。そして、もう片面は、鬱蒼とした繁みだった。電信柱が目印になったおかげで、自転車が乗り捨ててあった位置はほぼ特定できた。

「彼女は、寮から駅の方へ向かっていたんでしょうね。買い物なのか、電車に乗ろうとしたのかまではわかりませんが」

つぶやくように言ってから、翔英は瑞穂に訊いた。

「工藤さん、捜索願の申請を考えたいんですが」

「気持ちはわかるけど、答えはノーよ。捜索願を出すのは、保護者や身内でなくてはならないわ。何か、事件性を確信させる証拠でもない限りは、恋人なんかが出しても相手にされない。それは、警察官であるあなたが一番よくわかっているはずよ」

瑞穂は、あえて冷静に説明をした。

「現に、こうして自転車が乗り捨てられているじゃありませんか。真里華さんは、絶対に、何かに巻き込まれていますよ。だから！」

翔英は、知らず声を荒げていた。

瑞穂の説明は自分でもわかりすぎるほどわかっていた。しかし、吐き出さずにはいられなかったのだ。

「それでも、ノーよ」

予想通りの答えだった。

「この程度では、警察を動かすには弱すぎるわ。自転車に何か痕跡があれば別だけど、あんなに綺麗なままだったし。私や同僚なら動いてあげるかもしれないけど、ここは茨城ではない、千葉。管轄外なのよ」

瑞穂は、念を押すように翔英を諭した。

言われた翔英は、ゆっくりと周囲を見回した。

「ひと気のないこんな場所じゃ、監視カメラも期待できませんしね」

吐き出すものを吐き出して、落ち着きを取り戻した彼が寂しそうに言った。

「そうね」

今度は、瑞穂もそう答えるのが精一杯だった。

無表情の男

その日の午後――。
該当する建設車両専門のレンタル店は、御殿場市内の国道沿いにあった。

及川は、松村ら三人の鑑識官とともに受付のカウンターを訪れた。

「お待ちしておりました。店長の前田です」

及川は、事前に電話連絡を入れていた。

自己紹介もそこそこに、及川がタブレットの写真を見せた。

「この高所作業車なのですが」

「その機種は、確かに三日前に貸し出していますよ」

「何日間、貸し出されましたか？」

「えーと、三日前から二日間ですね」

前田は、貸し出しのスケジュール表を見て確認しながら答えた。

「実物は、ありますか？」

「はい、電話で言われたので、貸し出したままの状態で保管してありますよ。危ないところでしたよ、洗車しようかというところでしたから」

「助かりました。早速、見せていただきたいのですが」

「裏に停めてありますから、案内させます」

そう言うと、前田がそばにいた店員にそれを指示した。

及川の方は、松村だけその場に残し、二人の鑑識官にその店員について行くように指示した。

「我々も、すぐに拝見したいのですが、その前に確認したいことがありますので」

「何でしょうか?」

「その貸出の時の記録を見せていただきたいのです」

「はい、かしこまりました」

日にちが新しいので、前田はすぐにファイルからホッチキスで束ねられたA4大の書類を差し出した。

一枚目は書き込まれた申込用紙。そして、二枚目は借り手の車の免許証と高所作業車の受講証のコピーだった。

免許証にある顔写真を見たとたん、及川と松村は顔を見合わせ、そして力強くうなずいた。

取り寄せた死体の顔写真と照合するまでもなかった。それは、まちがいなく殺された被害者と同じ人物だった。

被害者の名前は、佐々木健吾。年齢は、記入された生年月日から計算すると四四歳になる。勤務先は近隣の南足柄市にあるフェンス工事会社だった。

及川が、前田に訊いた。

「この借り手の佐々木さんとは、どなたが受付の対応をされましたか?」

「私です」

対応したのは運良く、前田本人だった。

「それはよかった。佐々木さんはどんな印象の方でしたか?」

「どんなと言われても、ごく普通の」

「そうでしょうね。では、あの高所作業車をどんな目的で借りるのかについては何かおっしゃっていましたか？」

「それについては、何も言われませんでした。借りる際に、高所作業車の受講証を提示する決まりはありますが、使い道まで言う必要ありませんから」

その説明を聞いた及川は、内心がっかりしていた。あの殺人現場で、なぜ高所作業車だったのか、という点が不思議で仕方がなかったからだ。

「他に何か、気がついたことはありませんでしたか？」

と及川が訊くと、

「どんな些細なことでも結構ですから」

と松村も続けた。

彼も及川と同じ心境だったのだ。二人のその必死さは、前田にも届いた。

「わかりました。ちょっと頭を整理させてください」

及川と松村はじっと待った。

しばらく考えたのちに、前田が口を開いた。

「佐々木さんは、高所作業車の機種にとてもこだわっていました」

「と言うと？」

「作業台の高さにです。つまり、せりあがった時の最大高さのことです」

「どんなこだわりですか？」

「はい、一二メートルという高さにです。うちの店には、いろいろなメーカーさんの高所作業車がそろっていて、全部で十台を超えるのですが、佐々木さんは、その中で一二メートルのタイプしか考えていませんでした」

「一二メートルか。前田さんは、なぜ佐々木さんがそれにこだわっていたのか、おわかりになりますか？」

「申し訳ありませんが、まるで想像がつきません」

「他に何か思い出せませんか。借りる時でなくても、返す時でも」

それを聞いた前田が、なぜかきっぱりと言い切った。

「いや、返す時はありません」

「返す時も、まったく情報なし、でしたか」

「いいえ、そう意味ではなくて、返しに来たのは別の方でしたから」

「佐々木さんじゃなかったのですか？」

「はい。その時も応対したのは私でしたから、まちがいありません」

及川と松村に緊張が走った。

「それは、どなたですか？」

「いや、どこの誰だかまではわかりません。返す時は、借りる時とは違って、お客さんとは何のやり取りもありませんから。せいぜい、車に傷などがつけられてないかを確認するくらいです」

「じゃあ、その人とは何も話さなかったのですか？」

という及川の問いに、前田の顔が少しだけ曇った。

「ええ、不自然なくらいに、まったく、何も話しませんでした」

「不自然なくらいに？」

「ええ、普通は、挨拶のひとつもあっていいわけですが、その方は、ひと言もしゃべりませんでした。今思えば、とにかく、やることをとっとと済ませて、一刻も早くその場から離れたい、というような雰囲気がありありとうかがえました。見るからに、そういう態度でしたよ。ですから、こちらも余計なことは言わずにすぐに済ませました。はっきり言って、私のほうも早く帰ってほしいと思いましたから」

「そこまで思ったのですか？」

「ええ。一緒にいたくないと思うような、感じの悪い方でしたので」

「そうだったのですか。感じの悪いその人は、どんな風貌でしたか？　顔だちとか、服装とかの特徴は？」

「顔は、表情がない、と言うのか、感情がないといった感じです。目鼻立ちの薄い、のっぺりとした顔だちでした。服装は地味でした。目立たない模様の、たぶんあれはアロハシャツだった思います」

「かなり、きちんと覚えていらっしゃいますね。助かります」

「まだ、二日しかたっていませんからね。それに、良くも悪くも印象に残る相手でしたから」

「お手数をおかけしますが、あとで、別の人間を寄こしますので、今おっしゃったその『無感情の男』の特徴をもう一度その人間に話してやってください。ご協力をお願いします」

「わかりました」

及川は、その場で松村にモンタージュを作成できる人員の手配を依頼した。

外遊先からの情報

都内、某所――。

パナマ帽の男の携帯が鳴った。

相手先の番号を見て、彼は心の襟を正した。

そうしなければならない相手だった。

「じきじきに、連絡をいただいて恐縮です」

低いがよく響く声で応答した。しかし、その声にも若干の緊張が見てとれた。

〈まったくだ。よりによって、俺にとって一番大切な、年に一回のお楽しみの時に、面倒な頼み

ごとをしてきおって〉

工藤辰夫は、電話の向こうで半分本気で怒っているように思えた。

「申し訳ありません」

めったに物怖じしない彼でも、この男の前では別だった。

知り合った時から、その桁違いの器の大きさに圧倒されてきた。世が世なら、国を治める立場になれる大きさの男だった。だが、彼は不思議と工藤が好きだった。その気持ちは、相手にも伝わっているのだろう。なんだかんだ文句を言いながらも、いつも結果的には骨を折ってくれていた。

〈だが、君は運がいいぞ。実は、今の俺はとても機嫌がいい。さっき仕留めた鹿がシャモアだったんだ。君はシャモアを知っているか？〉

「申し訳ありません。狩猟のことはあまり」

〈シャモアは鹿の中でも、抜群に旨いんだ。だが、ノロシカやアカシカのようにめったにお目にかかれないんだよ。だいたい、二十回に一回のチャンスだよ。本当に、ラッキーだった。これから捌いて、ホテルの他の客たちにも振る舞おうと思っている〉

「それは、おめでとうございます」

〈うん。君も、人間ばかり追っかけてないで、たまには森林の中で動物を追っかけてみろ。時には、自然の中に自分を置くことも必要だぞ〉

「はい、心しておきます」

パナマ帽の男は、内心ホッとした。工藤は、上機嫌だった。

〈さてと、例の件だが〉

工藤が本題に入った。

「いかがでしたか?」

〈あのやりとりは、ちゃんとした目的のために行われていたようだ〉

「そうなると、あれは机上の空論ではないということですね?」

〈そうだ。そして、その性能には充分に実効性があるそうだ〉

「実効性が……確かですか?」

〈うん。そっち方面では、世界でもっとも信頼のおける人物の見立てだから、まちがいないだろう〉

互いに、電話での大切な会話になると、その中に特定の人名や固有名詞は絶対に使わない。いつ、誰に盗聴されてもいいようにだ。だが、今回もそれで充分に二人の意思の疎通はとれていた。

「わかりました。大変助かりました。年に一度の大切な休暇中に、本当にありがとうございました」

〈ああ、さっき言ったのは冗談だ。遠慮しないで、いつでも連絡して来い〉

「はい、ありがとうございます!」

パナマ帽の男は、電話に向かって一礼した。

及川の希望

静岡県御殿場市、御殿場警察署——。

大会議室では、『東富士演習場殺人事件』の一回目の捜査会議が行われていた。

ひと通りの概要の説明が終わり、議題は、今後の捜査方法に移っていった。

「次に、担当分けを発表する」

まとめ役である捜査課長の目澤雅治が、捜査に参加する刑事の班分けをした。

犯人たちの足取り捜査に二名、殺害された佐々木健吾の周辺調査に二名、自衛隊関連の調査に一名の刑事を割り振った。自衛隊関連には刑事課ではないが、演習場との連絡役をもう一名分として当てればいいと考えたのだ。

「及川は、どの班でやってみたいかね。希望があれば聞くぞ」

新米ながら、短時間で被害者の身元を割り出したことに敬意を表して目澤が訊いた。

もともと及川を刑事職に推したのは目澤自身だった。及川には、その資質があると感じたからだ。加えて、慣れ合い主義、事なかれ主義に陥りつつあるこの署の刑事課に新しい空気を入れたいという考えも内心あった。

「あの、できましたら……」

及川は、少しためらった。

「遠慮するな。おまえは初動の段階で成果を上げた。この捜査についてはおまえの考えを尊重してやる」

「では、希望を言います。もう少し、鑑識課と一緒に現場の遺留物などを調べたいのですが」

「遺留物、具体的には何だ」

「あの薬きょうや高所作業車です」

及川は、勇気をもって答えた。

すると、案の定、周囲から笑いが起こった。先輩刑事たちからだった。

「何でおかしいんだ」

目澤が、笑った皆に訊いた。

「だって、課長。害者は刃物で殺されたことがわかっているわけですから、今更、薬きょうを調べてどうなるんですか。しかも、落ちていたのは自衛隊さんの演習場のすぐ近くですよ。どう考えても事件との関連性はないと思いますがね」

「まあ、そう考えるのが普通だろうな。及川は、なぜ、そうしたいんだ?」

「ご指摘の通りだと思います。時間の無駄になるかもしれません。しかし、高所作業車のことを考え合わせると、何かすっきりしません」

新人刑事である彼は、初めて経験する捜査会議ということもあって、自分の考えをうまく皆に伝える術を知らない。

「すっきりしない、か。そう思う具体的な何かがあるのか?」

という目澤の問いに、

「まだ具体的には何もありませんが、あえて言うなら、勘ってやつでしょうか」

と、苦しまぎれに答えるしかなかった。

「勘だと? おまえはいつからベテラン刑事になったんだ」

別の先輩刑事が冷やかすように言った。再び、周囲から嘲笑が起こった。

だが、目澤だけは笑わなかった。先輩刑事たちの言動は、手柄を立てて褒められた新人の及川に対するやっかみからだとわかっているからだ。

「何がおかしいんだ。俺も及川と同じだ。あの場所に高所作業車というのは、不可解だと思う。調べてみる価値はあるだろう」

嘲笑を打ち消すように、目澤が大きな声で言った。

「俺の勘もそう言っている!」

念を押すように、もう一度、目澤が大きな声で言いきった。

会場は、水を打ったように静まり返った。

三人の仲間

その日の夜――。

警察署の地階にある鑑識課――。

松村隆弘は、一人で顕微鏡に向かっていた。高所作業車から採取した様々な付着物をひとつひとつチェックしている。松村自身、定刻を過ぎても居残って仕事をすることは珍しかった。三十年以上のキャリアでも頻繁にあることではない。それで業務に支障をきたしたことはなかったし、自分の部署ではそれが普通だと思っていた。チーフの自分がそうだから、他の鑑識官たちも皆そうだった。

だが、今、自分は就業時間を過ぎても作業に没頭していた。しかも、それが不思議なほど苦痛ではない。そうなっている理由は、あの若い刑事の存在だった。手際は悪いし、うっとうしい存在だった。新人にありがちな、前のめりし過ぎる傾向が顕著だ。始めは、そう感じていた。しかし、知らぬうちにこうしている自分がいる。自分の中で長い間忘れていた何かに気づき始めたのかもしれなかった。

その時、ドアを開けて入ってきたのは、その本人だった。

「まだ、いらしたんですね」

及川仁志が嬉しそうに言った。

「灯りがついていたので、もしやと思って」

「あれ、及川刑事は飲みに行かれなかったのですか」

松村が、少し驚いたように訊いた。

「どうしてですか?」

「刑事課の連中は皆で連れ立って行きましたよ」

「そうなんですか。僕は声をかけてもらっていません」

及川は、困ったような顔で答えた。

「あいつら、どうしようもないな。新人さんが手柄を立てれば、先輩たちが飲みに誘って、お祝いをしてやるのが普通なのに」

及川が積極的に行動して成果を上げていることを、先輩刑事たちが面白く思っていないという話は、松村も鑑識仲間から聞いて知っていた。

「あいつらときたらその逆か。情けない奴らだ」

松村は、先輩刑事たちのその態度に心底腹が立った。

「僕は、気にしていませんよ。それに、飲んでしまうと、翌日の仕事に差し支えますから」

松村は、そう言って返す及川が不憫でならなかった。

「それより、今調べているのは何ですか?」

及川が、興味津々に顕微鏡の中のガラスの板に挟まれたものを覗き込んだ。

「これは、高所作業車の運転席の床の部分から採取した土です」

「なるほど、そうやってひとつひとつ調べていくんですね……大変だなぁ」

及川は、顕微鏡の横の作業台の上に番号のついたテープが貼られた小さな丸いガラス容器が二十個以上あるのを見て、おもわず呟いた。

「及川刑事、そう思うなら」

顕微鏡をのぞきながら、松村が言った。

「刑事ドラマなんかでは、こういう場面では、自分の捜査のために夜遅くまで頑張っている鑑識官に、おにぎりとかサンドイッチとかの差し入れを担当刑事が持ってくるんですがねぇ」

「あっ、気がつきませんでした。すぐに、買ってきます！」

「冗談ですよ。あとで、二人で食べに行きましょう。もちろん、割り勘で」

松村が、及川の肩をポンとたたいた。

二人が、笑い合った。

そこへ、また一人が部屋に入ってきた。

「よう。遅くまで、ご苦労さん！」

目澤雅治だった。

見ると、その手には膨らんだコンビニ袋があった。中に、たくさんのおにぎりやサンドイッチが詰まっているのがうっすらと見えた。

それを見た二人は、大笑いした。

深夜の訪問者

滋賀県米原市甲田町県道沿い――。

深夜――。

かろうじて歩ける程度の暗闇の中、堀内銃砲店の裏口の扉が難なく開けられた。

二人のがっしりとした体格のダークスーツの男が、あたりを警戒しながら、建物の中に入っていった。

灯りはつけずに、手にした懐中電灯をたよりに室内を見回す。部屋の一角には、大きな木製の作業机が鎮座している。その周りには、様々な金属を加工する工作機械やたくさんの工具類が置かれていた。一人は二階に上がり、もう一人はそのまま一階にとどまって、部屋の中の様子を探りながら写真を撮り始めた。隅々まで探り、写真に収める。ひと通り終わると、今度は、奥の店舗用の部屋に移動して、また同じように探りながら写真を撮る。

しばらくすると、二階の男が下りてきた。男は、無言で首を横に振って見せた。今度は二人で一階の隅々を物色し始めた。洗面所から冷蔵庫の中まで調べていく。

一時間ほど経過した時だった。

裏口のドアが静かに開いた。

男が一人、入ってきた。パナマ帽を被り、渋めのアロハシャツの上に白い麻のジャケットを羽織っていた。二人の男はその存在に気づいていない。見事なまでに気配を消していた。

パナマ帽の男が口を開いた。

「ご苦労さん」

低く、しかしよく響くその声は落ち着き払っていた。

二人の男は慌てることもなく身構えて、入ってきた男に懐中電灯を向けた。

「凰鳥さまっ！」

二人は、ほぼ同時に同じ名を叫んだ。

「おい、こんな所で大きな声を出すな。それでも、〝鳥〟に選ばれた衛士か」

凰鳥と呼ばれた男が、半ば、にやけながら二人を嗜めた。

注意された男たちは、その場に起立したまま首をうなだれた。

「それに、おまえ。そんな物騒なものは早くしまえ」

言われた方の男が、反射的に取り出していた大型のナイフを焦ったようにフォルダーに戻した。

「凰鳥さまが、なぜここに？」

もう一人の男が尋ねた。

「真島のじいさんに頼まれたんだよ。で、夜中に高速を飛ばして、はるばる滋賀まで来てやったってわけだ」

「そうでしたか。それは、ご苦労様です」

「それで、おまえたち、何か見つけられたのか？」

凰鳥に問われた二人は、顔を見合わせてから申し訳なさそうに首を横に振った。

「本人の携帯はあったたか？」

「それが、どこを探しても」

「持っていかれたか」

凰鳥は、舌打ちをしてから訊いた。

「ここに入ってから、どのくらい経つんだ？」

「ほぼ、一時間です」

「そうか。そろそろ、急がないとまずいな。この部屋の方は、俺がやる。おまえたちは、手分けをしてこの店の取引業者や付き合いのある会社や個人の名簿やリストを探し出せ。帳簿や請求・納品関係の書類、郵便物の類もだ。それから、一週間分の固定電話の履歴を写しておけ。受信と送信の両方だ。三十分で、ここを出るぞ！」

「わかりました！」

二人は小声で、しかし力強く返した。

凰鳥は、大きな作業台を中心に、調べ始めた。

〝鳥〟と呼称した二人の部下たちとは違って、彼の動作には無駄がなかった。何をどう調べればいいのかがよく分かっている者の動きだった。しかるべきものを回収した彼は、宣言した通り、三十分もしないうちに部下たちとその建物を後にした。

リストに載った有名人

翌日――。

新宿区市ヶ谷、防衛省――。

本庁舎内某応接室――。

及川と松村の二人は、省内にある防衛装備庁を訪れていた。御殿場の建設機械レンタル店で、犯行現場にあった高所作業車の鑑識作業を行った結果、とんでもない代物が発見されたからだ。

高所作業車の作業台から、尋常でない量の硝煙反応が見つかったのだ。そこで、及川らは、東富士演習場の管轄である陸上自衛隊東部方面隊のアドバイスをもらい、作業車の停車位置付近に落ちていた薬きょうを持参し訪れたのだ。防衛庁の外局であるこの防衛装備庁が、自衛隊の装備品に最も詳しいからだ。

「お待たせしました」

四十がらみの装備庁の担当官が、及川たちが待つ部屋に戻ってきた。

事前に、件の薬きょうを渡して調べてもらっていたのだ。その結果が出たようだった。

透明のビニール袋に入れられた薬きょうが、応接テーブルの上に置かれた。

「お手数をおかけしました。それで、何かわかりましたか？」

及川が、待ちかねていたように訊いた。

「そうですね。わかったような、わからないような」

担当官は、どう説明していいのか迷っているようだった。

「どういうことですか？」

「わかっていることは、少なくともこの薬きょうは、自衛隊の装備品の中には存在しないということです」

「それは、まちがいありませんか？」

及川は驚いた。

「まちがいありません。自衛隊の装備の小銃、機関銃、狙撃銃のどれにも該当するものがないのです。念のために、世界中の武器に範囲を広げて探してみましたが、それでも見つかりませんでした」

「世界中でも見つからない」

「ええ。この形状や寸法から考えればライフル系の弾丸になりますが、ここまで大きなものはありません。世界最大のロシア製のものよりもさらに大きいのです」

「でしたら、自衛隊に納入していない国産の製品とかは？」

「それも調べましたが、やはり、この大きさのものは存在しませんでした。もし、あるとしたら……」

「あるとしたら？」

「特注品ということになります」

想像もしていなかった答えに、及川は混乱した。

「こんなものは、誰でも簡単に作れるものではありませんよね？」

「その通りです。仮に、一般人がネットの動画かなんかで製造方法を知ることができたとして、似たようなものは作れても、実際に使用できるレベルの銃を作ることは絶対にできないと思います。ライフルというものは、それほど精密性や専門性が高い分野です」

「確かに、拳銃まがいのものであれば、ネットで見てマネできないことはありませんが」

そう言ってから、及川は助けを求めた。

「そちらの方で、こういったものを扱える方、もしくは詳しい方をどなたかご存じありませんか？」

「そうおっしゃると思いまして、今、調べさせています。装備庁の内部にはその手の資料がないものですから」

「それは、大変助かります」

「私たち防衛装備庁の仕事には、既成の武器調達の他に国防のための武器の研究・開発も含まれています。しかし、それは戦闘機やミサイルといった大規模産業や情報産業のレベルのものばかりで、こういった職人的技術が要求される小火器の類はすべて外部委託に頼っているのです。とはいえ、まったく関わりがないわけではありませんので、何かしらご用意できると思います。そんなに時間はかからないと思いますから、もう少しお待ちください」

「ありがたいです。お手間をおかけします」

装備庁の担当官に礼を言ってから、及川は松村にも同じことを頼もうと、彼の方に目線を移した。及川は、今回の件を通して松村の鑑識を超えた見聞の深さに尊敬の念を抱きはじめていた。そして、その松村はすでに例のタブレットを出してその作業に入っていた。

「失礼します！」

応接室に、若い担当官が入ってきた。

その機敏な動作と折り目正しい態度から、応対している担当官の部下だとわかる。

若い担当官が一枚の印刷物を手渡した。

そこには、何名かの名前とその連絡先などが印刷されていた。印刷の活字の周りには、補足事項が手書きで書き足されていた。

若い担当官は、及川たちにも同じコピーを渡した。

「最速で、というご指示でしたので、確認した補足文は手書きのままですが」

「うん、かまわない。じゃあ、説明を頼む」

そのリストには、四人の名前と所属と連絡先が印刷されていた。手書きで加筆されているのは、その人物のあらましだった。

「一番上の田代幸吉氏は、我が国の銃造りのパイオニア的な存在で生き字引のような方ですが、ご高齢の為にすでに第一線からは退かれております。従って、本件での協力依頼は難しいかと思われます」

「それで君は、頭の部分に×印を付けたのだな」

「その通りです。ちなみに、下の三人はすべてこの田代幸吉氏に何らかの形で教えを受けております」

「この田代幸吉さんというのは、物凄い方なんだな。続けたまえ」

「二番目の三上恵造氏は、我が国を代表する銃器製造会社ＭＪ社の社主です。銃製作の第一人者であり、相談をするのには申し分のない方です。が、しかし、三上氏は国際射撃連盟の会長をなさっており、現在、間近に迫るオリンピック大会の準備で大変多忙であり、やはり、本件の協力依頼は難しいかと思われます」

「それで、×印を付けたんだな。ＭＪ社は、うちの庁も大変お世話になっているから、三上さんのこともよく存じ上げているよ。しかし、時期が悪すぎたな」

「残念ではありますが」

「わかった。続けたまえ」

「三番目の堀内大輔氏は、自ら銃砲店を営んでおります。業界でも屈指の銃職人と言われており、田代幸吉氏の直系のお弟子さんです」

「なるほど、当然、○印だな」

「はいっ、そうしました。そして、最後が田代水丸氏です」

「警視庁って書いてあるけど、ひょっとして、あの有名な?」

「はいっ。羽田のドローン事件や蟹のハサミ事件で有名な、警視庁の田代広報室長殿です。散弾銃やライフル銃における見識と情報量は、あの方の右に出る者はいないと言われています。ちなみに、田代室長は田代幸吉氏の実の息子さんです」

「ほう、それで、◎印か。確かに、そうなるな」

担当官は納得して、大きく頷いた。

「やはり、あの田代室長殿なのか」

及川が頷いてそう言うと、松村もタブレットの資料を見ながらそれに同調した。

「私の方の情報でも、あの方が最善であると思います。私たちが使っている鑑識の捜査マニュアルの銃器の項目も、あの方が監修されているくらいですから」

「どうやら、満場一致で結論が出たようですね」

そう言って、装備庁の担当官がほほ笑んだ。

二重の依頼

桜田門、警視庁――。

その七階にある警察本部長室は、大企業の社長室並みの広さと豪華さだった。

ある意味それは当然のことだった。実質的に警視庁四万二千人の頂点に立つ人物の部屋である。就任後、名本部長として謳われている宗方俊夫は、その部屋の主《あるじ》にふさわしい男だった。

田代水丸が、その応接室のソファに一人で座っていた。

部屋の主はまだ到着していなかった。時間や用向きに関係なく自由にこの部屋の出入りを許されているのは、警視庁広しといえども田代だけだった。田代もまた、名声という点では宗方に引けを取らなかった。全国的な知名度でいえば、むしろ彼の方が遥かに上だった。

広報室長という肩書以上に、田代は、警視庁の顔として有名だった。数々の難事件を解決してきたヒーローだからだ。

田代には、若い時から特別な力が備わっていた。銃を使った犯罪に対して、常人にはない卓越した分析能力を持っているのだ。彼をよく知る人は、それを『犯罪嗅覚』と称していた。そして、田代がまだ大学生だった頃、その能力がいかんなく発揮された事案を目の当たりにした宗方は、彼を警察の道へスカウトしたのだった。

「すまん、待たせたな」

宗方が、速足で入ってきた。

「いえ、今が大変な時なのは重々承知していますから」

「まったくだよ。よりによって、俺が本部長の時に、この東京にオリンピックなんぞを持ってきやがって」

「警察の歴史に残る大仕事だからこそ、本部長の時に起こったのですよ。これは偶然ではなく、回るべくして回ってきた必然です」

「こいつ、人の気も知らずに、もっともらしいことを言いやがって」

二人は、大笑いした。宗方はふと真顔になって言った。

「君とこうして笑い合うのが、今の俺にとって唯一のストレス解消法かもしれないなぁ」

「でしたら、いつでも声をかけてください。一千万都民の為にひと肌脱ぎますよ」

二人がまた大笑いした。

「ところで、君のところは、忙しさの方はどうだい?」

「僕のところは、警備がらみはありませんから、皆さんほどではありませんよ。とはいうものの、さすがに普段よりは……」

「そうか、そんなさなかに申し訳ないが、ひとつ頼みがある」

「どうぞ、何なりと。オリンピック関連ですか?」

「それが、違うんだよ。一般の事案だ。しかも、俺たちの管内ではなく、静岡管轄の事案なんだよ」

「この時期に、うちに一般の事案を頼んでくるとなると、稲田本部長じきじきのご依頼ですね」

「お察しの通りだ」

静岡県警の警察本部長の稲田正之と宗方は、同期のなかでも親しい間柄だった。また、互いに力を貸しあうことも多々あった。

「もちろん、今のこんな状況下だ。自分の業務に支障のない程度の対応で構わない。あいつも、それを充分に承知した上での依頼だ。しかも、これと同じ依頼が、防衛庁からも来ているんだよ」

「防衛庁からのご指名というと、防衛装備庁ですか?」

「その通りだ」

「いったい、どんな事案ですか?」

「うん、実は――」

蟹のハサミの事案

その日の夕刻――。

東京都調布市、科学捜査研究所――。

研究所の建物の隣にある大きな格納庫の中に、御殿場署から持ち込まれた高所作業車が置かれていた。その作業台の上では数名の研究所の所員が目的物の採取にあたっていた。

その様子を研究所の廣瀬基夫と御殿場署の松村隆弘が見守っていた。

「ということは、あなたはこの半日のうちに御殿場から都内の防衛庁まで行って、また御殿場に戻って、その後に、この高所作業車をレッカー車で引っ張ってこの調布まで来られたってことですか？」

廣瀬が、驚いたように松村に訊いた。

「まあ、そういうことになります。田代室長さんからのご指示は、薬きょうと高所作業車の両方を、大至急、廣瀬さんのところへ届けてくれということでしたので」

「ははは、相変わらず、田代室長らしい人使いの荒さだなぁ」

そう言って、廣瀬は笑った。

「まあ、そう言う僕の方も、これから徹夜の作業になるでしょうけど」

田代からは、松村が届ける薬きょうと高所作業車に付着した火薬が同じものであるのかを調べてくれとの連絡を受けていたのだ。

「徹夜ですか？」

「室長からの依頼事は、原則、時間無制限です。作業が完全に終わるまでは寝ることなどできません」

廣瀬は、それが当たり前のことであるかのように平然と言った。

「田代室長は、そんなに仕事に厳しい方なのですか？」

松村は驚いた。

松村が、日ごろ御殿場署で行っている仕事のペースとは、まるでスピード感が違っていた。

「それを厳しいと言ってしまえば、確かに厳しいですね。鬼のような厳しさです」

「そうなのですか。まだご本人には、直接はお会いしていませんが、世間で言われているイメージとは随分違うような。もっと、ソフトな方だと」

松村は、テレビや雑誌で見る田代水丸を思い浮かべてそう言った。

「確かに、マスコミでお見かけするあの方のイメージでは、長髪で、ハンサムで、とても警察官とは思えないようなルックスですが、その風貌と柔らかい物腰に騙されてはいけませんよ。なんと言っても、あの方は、関係者の間では、『嗅覚の怪物』と呼ばれているのですから」

「嗅覚の怪物ですか、それはまた凄い呼ばれ方ですね」

「まあ、もともとのその呼ばれ方の意味は違うようですが、仕事に集中している時のあの方は、凄まじいものがあります。相手に有無を言わせぬ見えない圧力をかけてきます。私も、事あるごとにそれを喰らって、散々こき使われてきました」

「有無を言わせぬ見えない圧力」

松村は思わず復唱していた。

「はい。圧倒的なオーラのようなものです。殺気すら感じるほどの。あれを喰らうと、もう、従うより他にないと思わされてしまいますよ。実際に、あの方は人知を超えた霊能力のようなものを持っているという噂もあります」

そうは言っているものの、廣瀬はむしろ嬉しそうだった。

「松村さんは、『蟹のハサミ』の事件を覚えていらっしゃいますか？」

「ええ、もちろんです。耳が切り取られた死体の横に、切った大型のハサミが置いてあるという猟奇的な連続殺人事件ですね。あれも田代室長が解決されましたよね」

「そうです。あれには、私も関わりました」

「ほう、そうだったのですか」

「死体の横に、ハサミを置いていくというのは、自身を〝蟹〟と名乗る犯人のメッセージだったのですが、実は、死体にはもうひとつ蟹というキーワードを強調するメッセージが残されていたのです」

廣瀬は、当時を振り返りながら説明を続けた。

「それが、何だったのかを調べたのが私でした。当時、田代室長は、二つの死体に共通していたある付着物に気づかれたのです。死体の顎に付いていたわずかなテカリでした。もちろん、室長以外、誰もそんなものに関心を持ちませんでした。その付着物を私のところへ分析に持ち込まれたのです」

「そのテカったものは、何だったのですか？」

「私は、例のごとく徹夜をして、やっとそれが何だかを突き止めました。それは、髭剃り用のシェービング・クリームでした。それが、乾いたあとのテカリだったのです。両方とも、石鹸の成分に加えて、ポリビニルピロドリンが使われていましたから、何とか特定ができました」

「ポリ……その物質は何ですか？」

「髭そりの刃に対して、滑り性を高めるために使われる物質です。洗顔剤や化粧クリームの類はどれも同じような成分を使いますから判別は難しいのですが、このポリビニルピロドリンが入っているのは、刃を使う髭そり用のものだけです。だから、判別できたというわけですよ」

「解明できてよかったですね。徹夜でご苦労された甲斐がありましたね」

「ええ、疲れましたが、何とか答えを出せました。ところがです。それでは終わらなかったのです」

「えっ、だって、きちんと解明できたのですよね？」

「それでも、まだ不十分だったのです。室長は、その髭剃り用のクリームがジェル系なのか、それともフォーム系なのか、と訊いてきたのです。さすがにそこまでは調べていないと言うと、すぐに調べてくれと言われたのです」

「徹夜明けの廣瀬さんにですか。だって、田代室長が採取されたのは、それぞれの害者の口の周りや顎の部分ですよね。男なら、その辺りに髭そり用のクリームのあとが残っているのは普通のことではありませんか。日常的に誰にあっても不思議ではありませんよね。まして、それがジェル系なのか、フォーム系なのかなんてどうでもいいように思えますが?」

松村が顔を曇らせながら言った。

「確かに、おっしゃる通りです。実は、その時の私も同じように田代室長にそう訊きました。室長がなぜそこまで、そのことにこだわっているのかが、まったく理解できませんでした。しかし、室長は絶対に譲りませんでした。仕方がないので、私は疲れた体に鞭を打って、追加の作業をやりました。二度目の結果報告をした時は、もう心身ともにクタクタでした」

「それは、災難でしたね」

松村は、同情した。

「ええ、正直、あの時はさすがに田代室長を恨みましたよ」

「当然でしょう。私なら断っていたかもしれません」

「しかし、それは大きなまちがいでした」

「どういうことです？」

「その追加の作業の結果が、あの事件の捜査の進展に大きく役立ったのです」

「ええっ。いったい、どういうことですか？」

「まず、室長は、害者の二人が、髭そりはカミソリを使わないシェーバー派だということを調べられました。従って、カミソリを使う時に必要なシェービング・クリームとはまったく縁がないというわけです」

「なるほど、それなら話の半分はわかります。害者たちが日常的に使わないシェービング・クリームが顎に付着していたとなれば、そこに不自然さが出てきますから。しかし、そのタイプが、ジェル系なのか、それともフォーム系なのかという点にこだわった理由は何なのですか？」

「実は、それが一番大切なヒントだったのです。結果から言うと、それはフォーム系のタイプでした」

「フォーム系のタイプというと、シューッと泡の出るあれですよね？」

それでもまだ、松村には話の先がまったく予想できていなかった。

「それですよ、松村さん。その〝泡〟ですよ！」

そう聞いて、松村がハッとした。

「あっ、蟹だっ！」

松村は思わず叫んだ。

「わざと現場に残していったのが泡とハサミ。これは、まさしく蟹ですね。まちがいなく、蟹のメッセージだ」

「その通りです。シェービング・クリーム、つまり、泡を、犯人がわざわざ二人の害者に吹きかけていったのは、そしてハサミを犯行現場にわざと残していったのは、何かのメッセージであると、田代室長は当時、そう推測していたのです」

「なんと」

松村は絶句した。

「そうなんです。そのあと田代室長は一気に犯人を追い詰めていき、ギリギリのところで、最後の標的になっていた方の命を救うことができたのです。まさに残り数分のところで、犯罪を防ぐことができたのです。あとでそれがわかった時に、私は自分を恥じました。田代室長が急ぎで依頼される時にはそれなりの理由があるのだと。それからは、田代室長からの頼み事は、たとえそれが傍から見てどんなに不条理な依頼であったとしても、黙って引き受けると決めたのです」

「そうだったのですか」

その話を聞いていて、松村は同僚の及川のことを思い出していた。

御殿場の現場で、若い彼が薬きょうを発見した時のことを。それに対して、自分がしようとしたことを。松村は、いつかきちんと及川にそのことを謝ろうと思った。

「確かに、田代室長の依頼事はいつも決まって最速対応ですから、夜に頼まれれば徹夜です。きついことはきついです」

廣瀬の顔は、晴れ晴れとした笑顔だった。

「でもね、松村さん。それが不思議なのですよ。終わってみれば、言いようのない充実感と満足感なのですよ。この仕事に就いていてよかったと心から思えるのです。だから、その次もまたお手伝いしたくなるのです。田代室長とは、そんな方です」

「廣瀬さん、いいお話をありがとうございました。今日こうして、あなたにお会いできてよかったです」

松村は、心からそう思った。

同時に、田代水丸という男に会ってみたいと強く思った。

移動中の訃報

翌日の早朝――。

田代水丸を乗せた車が、東名高速を西に向けて走っていた。

運転しているのは、深夜に迎えに来た御殿場署の及川仁志だった。

前日の夕方、御殿場の事案の相談を受けた田代は、自分だけで対処するより実際に銃を造る人間、つまり堀内大輔にも協力をしてもらう方がよいと判断した。しかし、本人となかなか連絡がつかないために、夜中のうちに車で移動して直接本人に会いに行こうということになったのだ。

豊橋インターを越したあたりで田代の携帯にその一報が入った。

「おはようございます。というより、お疲れさまです。どうやらまた、徹夜をさせてしまったようですね」

時計の時刻を確認しながら、田代が電話の相手に陳謝した。

電話は、科学捜査研究所の廣瀬基夫からだった。どんな時間帯でもいいから、結果がわかり次第、すぐに連絡を入れてもらうように頼んでおいたのだ。徹夜の作業になるかもしれなかったが、廣瀬は一も二もなくそれを了承してくれた。頼む時は、いつも心が痛んだが、結局、今回も廣瀬の厚意に甘えてしまっていた。

廣瀬からの報告内容は、高所作業車の作業台に付着していた火薬類と付近に落ちていた薬きょうに入っていた火薬との整合性についてだった。事前に、御殿場署の鑑識の松村が高所作業車と共に調布市にある科学捜査研究所まで行って、廣瀬に調べてもらっていたのだ。半日のうちに、西に東に動いてもらった松村にも、いずれきちんと礼を言わなければならないと思った。

「今回も、ご無理を言って申し訳ありませんでした。本当に、助かりました。ゆっくり休んで下さい」

田代は、深く礼を言ってから電話を切った。

そして、その結果は、

「一致しましたよ、及川さん。あの薬きょうは作業台の上で撃たれた弾のものです」

「そうですか、一致してしまいましたか」

及川は、喜ぶわけでもなく、むしろ落胆したかのように答えた。

「及川さんの見立てた通りの結果になったというのに、あまり嬉しくないようにみえますが？」

田代は、及川のその予想外の反応に首をかしげた。

「もちろん、嬉しい気持ちはあります。自分の考えが正しかったことが、多くの皆さんのご協力をいただいて実証できたわけですから。とても嬉しいし、ホッとしてもいます」

「でしたら、どうして？」

「そう思う半面、できれば、そうならないでほしかったと思う自分がいるのです」

及川は、困惑した表情で続けた。

「これで、この事案は、ますます複雑さを増してしまいました」

明らかに、及川は動揺していた。高所作業車の上で特注の銃と薬きょうが使われたのだ。これが、単なる殺人事件ではないことが証明されたのかもしれない。経験したことのない得も言われぬ圧力が、じわじわと彼の心に襲いかかる。自分は初めての捜査活動に没頭するあまり、開けてはいけない扉をこじ開けてしまったのかもしれないと、後悔の念すら感じ始めていた。

「なるほど、確かに、そういうことになってしまいますね」

田代は、深く頷きながら続けた。

「でもね、及川さん。確かに、そうかもしれませんが、同時に、捜査が確実に進んでいるとも言えるのですよ」

田代は、まだ経験が少ないであろう若い及川を励ました。

「こうなると、僕も、早く犯行現場を見たくなりましたよ。できれば、堀内さんにも来ていただけるようにお願いしましょう。知らない仲ではありませんから」

「ありがとうございます。日本を代表するお二人がそろえば、百人力です」

及川は、その言葉で何とか気持ちを切り替えることができた。

そして、もうひとつ、気持ちが軽くなる材料を思い出した。これで、今まで再三にわたって批判を繰り返してきた御殿場署の面々の鼻を明かすことができたのだ。そして、そうした連中の盾になって自分を守り、こうして送り出してくれた目澤の恩に報いることができたのだ。

だが、それもつかの間だった。

しばらくして、再び田代の電話が鳴った。

今度は、広報室の部下の五十嵐麻美からだった。

「おはよう。うん、今、名古屋を過ぎたから、あと一時間くらいで着くと思う。で、ご本人とは連絡がつきましたか？　え？」

それを聞いて、田代の声が一段低くなった。緊張している。

「で、場所は？　わかった。すぐに、送ってください」

その電話の内容が、尋常でないことは隣で運転する及川にも、当然伝わっていた。

「田代室長、今の電話は」

「僕の部下からです。堀内さんは、亡くなっていました。自殺されたようです」

「自殺ですって？　いったい、いつです」

「まだ、詳しくはわかっていませんが、つい最近のことだと思います。今日、地元で葬儀が行われるようですから」

「連絡がつかなかったのは、そういうことか。どうされますか、東京に戻りますか？」

「いや、このまま行きましょう」

「で、でも、よろしいのですか？」

「せっかくここまで来ていますし、少し気になることがありますから」

少し、どころではなかった。大きな何かが、田代を突き動かし始めていたのだった。

すぐに、田代の携帯に麻美からのメールが入った。

そこには、葬儀場の場所が記されていた。

私的な訪問

滋賀県米原市、米原警察署――。

二人は受付で、自分たちの身分を明かし、しかるべき担当者との面会を求めた。

堀内大輔の葬儀の開始時刻までまだ二時間以上あったので、先に所管の警察署に立ち寄って、話を聞いておこうという話になったのだ。目的の葬儀場までは車で十五分足らずの距離だったこともそうしようと思った理由だった。

結局、二人は署長室に通された。

「突然のことで、申し訳ありません。急に、思い立ったものですから」

田代が陳謝した。

「いえいえ。どうか、お気になさらずに」

とは返したものの、署長の沖永は、朝一番にやって来た突然の訪問者たちに混乱していた。突然であったことはともかく、管轄の違う警察官がそろって来たのだ。しかも、一人はあの田代水丸である。混乱するなという方が無理だった。

「それで、今日はどのような御用件で？」

「私たちは、先日亡くなられた堀内大輔さんの知り合いなのですが、葬儀の時間まで余裕ができたものですから、その時の状況を教えていただこうと思いまして。私的なことなので、しかるべき事前了承の手順も踏んでおりませんが」

「なんだ、そういうことですか」

説明を聞いて、逆に、沖永はほっとしたようだった。

「そういうことでしたら、協力は惜しみませんから、何でも遠慮なく言ってください。私的でも公的でも、あの田代室長殿のお役に立てるとあらば、光栄なことですから」

そう言って、沖永は大声で笑った。

数分後、堀内の死亡を確認した担当刑事と鑑識員が入ってきた。

訊き役は及川にまかせて、田代は鑑識員から受け取った現場の写真を見始めた。

「堀内さんは、アルコールと一緒に大量の睡眠薬を飲んでいました。着衣にも身体にもこれと言った異常は見当たりませんでした。室内も荒らされておらず、金品類にも手は付けられていません。特に事件性はなかったので、自殺と判定しました。もちろん、堀内さんが銃を扱うご職業であることを考慮して、慎重に調べました」

担当刑事の説明に沖永と鑑識員が同調して頷いた。

「死後、どのくらいで発見されたのですか?」

「三日前後です」

「前後ということは、何日間か放置期間があったということですね。身寄りのない方ですか?」

「奥さんとは死別されています。離れて遠方で暮らしている大学生のお嬢さんがいるのですが、ほとんどこちらには帰ってこないので」

「そうですか、よくあるパターンですね。そうなると、発見者、もしくは通報者はどなただったのですか?」

「向かいの酒店の店主が通報してきました。何日間もずっとシャッターが下りっ放しだったので、不審に思ったそうです」

「なるほど、それもよくあるパターンですね」

そう言ってから、及川は田代の方を向いて訊いた。

「田代室長からは、何か伺いたいことはありますか?」

「いいえ、充分です」

そう言うと、田代はやっと見ていた写真から目を離した。

「署長、ありがとうございました。できれば葬儀の帰りのついでに現場を見て帰りたいので、できましたら、どなたかに案内をお願いできますか?」

「わかりました。葬儀場に案内役を待機させておきます。君は、都合はどうだ?」

沖永が、隣に座る担当の刑事に訊いた。

「喜んでお引き受けします」

その担当の刑事は、嬉しそうに了承した。

銃造りの聖地

滋賀県長浜市——。

ＪＲ長浜駅にほど近い目抜き通り沿いにその葬儀場があった。

ホールにある案内板には、『堀内家式場』とあった。身寄りの少ない人間の葬式にしては、列席者が多かった。記帳をする受付の前には小さな列ができていた。

田代はすぐそこへは行かずに、反対側にある葬儀場の案内受付に向かった。五十嵐麻美からのメールに、そうするように書いてあったからだ。

麻美のメールの指示通りに、受付で樋口という社員を呼んでもらった。奥の事務所から六十がらみの女性が出てきた。

「お待ちしておりました。ご用意したものです」

樋口から手渡されたのは黒色のネクタイだった。及川の分も用意されていた。

「式次第が終わりましたら、こちらの受付にお返しください」

「助かりました。お借りします」

二人は、その場でネクタイをその黒色のものに付け替えた。

「それから、これを――」

続いて手渡されたのは、香典袋だった。

「ほーっ」それを横で見ていた及川が、思わず感嘆の声を上げた。

香典袋の表書きには、すでに、『警視庁・田代水丸』と綺麗な墨の文字で書かれていたからだ。

しかも、中にはお札まで入れられていたのだ。

「田代さまの部下の五十嵐さんはとても上司想いの方ですね」

及川のその反応を察して、樋口がにこやかに言った。

「普段は、私どもはここまでのご協力はしないのですが、上司に恥をかかせたくないという五十嵐さんの深い心遣いを感じましたので、特別にご希望に応えさせていただきました。もちろん、精算の方はすべて済んでおりますから心配なさらないでください」

「そうだったのですか。それは、いろいろとお手数をおかけしました。感謝します」

田代は深く頭を下げた。それから、その場を後にした。

それを見送った樋口は、つくづく感じていた。五十嵐という部下が、あそこまで尽くしたがる理由がよくわかったと。そうするのに値する男だったと。見た目が素敵だからということにとどまらず、その礼節を踏まえた立ち振る舞いの中に誠実さがにじみ出ていたからだ。同時に、こうも感じた。彼女のその深い心遣いの気持ちは、部下という立場以上のものであると。それは、女の直感だった。

田代と及川は、記帳と受付を滞りなく済ませた。

今度は、及川が不思議そうに訊いた。

「室長のものも、他の方のものも、香典袋には『御霊前』とかではなく、『御玉串料』と書いてありますね」

「ああ、それは、この葬儀が仏教式ではなく、神道式だからです。会場の中に入ってみるとわかりますが、正面の祭壇の飾りつけも少し違いますよ」

　中に入って、及川は頷いて言った。

「なるほど、確かにいつもの仏教の時とは少し違いますね。お供え物がたくさん並んでいますし、真ん中の手前の台の上にあるのが、お香ではなく、玉串ってやつですね」

「ええ、正式な神葬祭のスタイルですね。こういった様式にとどまらず、仏教と神道とでは、葬式に対する考え方がまるで違うのですよ」

「そうすると、亡くなった堀内さんは、熱心な神道の信者さんだったのかな」

「僕も、そこまで詳しくは知りませんが」

　と、言いかけた時だった。

「水丸さんじゃありませんか！」

　初老の男性から声をかけられた。わずかながら方言が感じられ、地元の人間だとわかる。

「ああ、どうも。ご無沙汰しております」

「来てくださったんですね。皆、すでに拝礼を終えて大部屋に集まっています。ご案内します」

「ありがとうございます。私たちはこれから拝礼ですので、それが終わったらそちらへ伺います」

「通路の奥の大きな部屋です。お待ちしております。皆、喜びますよ」

「わかりました。では、のちほど」

二人は会場の係りの人間から玉串を受け取ると、拝礼の列に並んだ。

「田代室長、今の方は？」

当然のように、及川が訊いてきた。

田代水丸は出身も住居も関東圏内と聞いていた。だが、さっき声をかけてきた地元民とのやり取りは、まるで、ここが田代の故郷でもあるかのような雰囲気だったからだ。

「昔からの知り合いです。簡単に説明しますと、私の父親がこのすぐ近くの出身なのですよ」

田代の父親、幸吉は隣の国友町の出身だった。

滋賀県長浜市国友町は、四百年以上前から続く日本の銃職人の聖地だった。国友の職工が作る銃は抜きん出て優れていたために、その時々の権力者に取り立てられてきた。豊臣秀吉しかり、徳川家康しかりである。田代幸吉は、その国友衆の末裔であった。その国友衆の中にあって、若手でありながら、幸吉の力量はすでに一番と言われていた。だが、MJ社の二代目社主の三上則夫の熱烈な勧誘を受けて今の茨城県に居を移したのだった。

「居は移したものの、父と国友衆との親しい関係はその後も続いているのです。亡くなられた堀内さんも、父の弟子のひとりですから」

「そうだったのですか。だから、堀内さんはお仲間がたくさんいる国友のすぐ近くで店をやっていたのですね」

「ええ、そういうことです。銃造りの仲間同士で、互いに仕事を融通し合うためです。銃造りの業界は、大昔から横のつながりがとても強いのです」

二人は拝礼を終えると、件の大部屋を訪れた。

「水丸さん！」

田代の姿に気づくと、十数人の男たちが口々にその名を呼びながら近づいてきた。先にロビーで会った初老の男から聞いていたのだろう。あっという間に、田代の周りに人の輪ができた。

正面の位置で口を開いたのは、長老の奥寺だった。

「急だったのに、よくぞ、来てくださいました」

奥寺は、西日本を代表する銃器製造会社である国友銃器工業の会長をしていた。

「ご無沙汰しております。会長もお変わりなくてなによりです」

「私は何とか生きながらえておりますが、働き盛りの堀内さんがこんなことになってしまうとは」

奥寺たちは、連絡がつかない堀内の娘に代わって今日の葬式の段取りをしたとのことだった。国友衆の結束は生半可な親族のそれよりも強いのだ。

「ところで、幸吉先生は、お変わりありませんか？」

「はい、相変わらずの頑固ぶりです」

それを聞いた一同から、安堵の笑いが起きた。

「まさか、お弟子さんが先に逝かれるとは、先生もさぞかし落胆されているでしょうね」

国友衆の最長老である奥寺をして、「先生」と呼ばせる父・幸吉の存在は、やはり彼らにとって特別なものなのだとつくづく実感させられる。

「ええ、そうでしょうね」

田代は、自分が堀内の死亡を今朝、偶然に知ったということについては皆には黙っていようと思った。それよりも、彼の死亡理由の確認が先決だった。

すでに田代の頭の中には、自殺という選択肢は消えようとしていた。

「今回のことについて、どなたか詳しくご存じの方はいらっしゃいませんか。さっき地元の警察の方に話を伺ったのですが、本当に彼らが判断したように自殺だったのでしょうか。私にはどうしても信じられないのです」

彼は、強くそう感じ始めていたのだ。

「実は、さっきまで、皆でそのことを話していたのです。我々国友の衆も、誰一人として堀内さんが自殺をされたとは考えていません」

皆は、顔を見合わせて頷き合った。

「そう考えられるような具体的な話はありませんか？」

田代が改めてそう尋ねると、

「さっき、弔問に来ていた納品の業者さんから聞いたのですが」

輪の中の一人が口を開いた。

市内近郊で中堅の銃器製造会社をやっている那須川だった。

「つい最近、堀内さんから注文を受けて納品しているというのですよ」

「つい最近というと、それは、ここ一週間以内のことですか?」

「詳しくはわかりませんが、そうだと思います。もっと不思議に思ったのは、それが高価な材料だったということです。これから死のうとしている人間が、そんな高価なものの注文をするでしょうか?」

「確かに。地元の警察はまだそのことを?」

「ええ、知りません。さっきその業者さんから聞いたばかりの話ですから」

田代と及川が顔を見合わせた。

「那須川さん、その業者の担当者さんはまだいらっしゃいますか?」

「いや、急用ができたとかで、葬儀が始まる前に拝礼だけ済ませて、もう帰られてしまいました」

「それは、残念ですね。僕も直接お話が訊きたいので、その方の連絡先を教えていただけますか」

「ええ、もちろんです。この携帯に入っていますから。まだ近くにいると思いますから、私から連絡しましょうか」

「助かります、そうしてください」

静かに答える田代の横顔を見ながら、警視庁の顔と呼ばれる男は事件のカギを引き寄せる能力があるのかもしれないと及川は本気で思った。

第四章　無感情の男

同じ質問

ＪＲ米原駅から西に二キロほどの琵琶湖畔にその観光ホテルがあった。

目的の男が、広いロビーの一角にある喫茶コーナーで待っていた。

「関西鋼管の五浦さんですか」

「はい、そうです。那須川社長さんのご紹介の方ですか」

「はい、田代と申します。こちらは、及川さんです。急に、お引き留めしてすみませんでした」

「気になさらないでください。確かに、本来なら堀内さんの葬儀が終わったら、そのまま真っ直ぐ大阪に帰るところでしたが、急遽、ここで人と会うことになりましたので」

「その方とのお時間の方は大丈夫ですか？」

「ああ、もう済みましたので、大丈夫ですよ。ちょうど、さっき終わりましたので」

「そうですか、それはいいタイミングでした」

「ええ、本当にいいタイミングで助かりました。感謝したいくらいですよ」

五浦は、むしろ引き留められたことを歓迎しているかのように言った。

「感謝したいくらい？　どういうことですか？」

「さっき会っていた方も、初めてお会いする方だったのですが、何かとても一緒にいたくない雰囲気の方だったのですよ」

「そういうタイプの方って、よくいますよね」

及川は、御殿場の建設機械レンタル店の店長の話を思い出して頷いた。

「ええ。それで、これからここでまた人と会う約束があるからと言って、話を早めに切り上げたのです。つまり、田代さんたちを〝ダシ〟にさせてもらったということです」

「なるほど、私たちのこの面会の約束がお役に立ったということですね」

「はい、そうなのです」

「それは良かった」

三人は、小さく笑いながらそれぞれの飲み物を注文した。

「那須川社長さんのお話ですと、田代さんは国友の親しいお仲間だということですが、やはり、銃関係のお仕事ですか。奥寺会長さんとも懇意にされていらっしゃるとも伺いましたが」

「まあ、銃関係も含めて、手広くやっておりますが、仕事のベースは関東です。すみません、今は、名刺の持ち合わせがなくて」

田代と及川は、念のために警察の関係者であることをいったん隠した。

「気になさらないでください。奥寺会長さんや那須川社長さんのお知り合いですから、安心しております。それで、私に何か訊きたいことがおありとか」

「他でもありませんが、亡くなられた堀内さんとのお仕事上のことです」

「はい、長い間、贔屓にしていただきましたが」

「一番最近では、どんなものを納品されましたか」

その質問を受けたとたんに、五浦の顔が曇った。

「なぜ、皆さんは、わざわざ私を探して、そのことを訊こうとするのですか？」

「皆さん？　どういうことですか？　私たちの他に、同じことを訊いた方がいたということですか？」

「そうです。さっきお会いした方も、まったく同じ質問をされたのです」

「ちょっと、待ってください」

それを聞いた及川は、反射的に鞄の中から一枚の大判の写真を取り出した。

「ひょっとして、それは、この方ですか？」

ちょうどそのことを思い出していたので、すぐに頭が反応したのだ。それは、建設レンタル店長の前田に協力してもらって作成した例の、感じの悪い『無感情の男』のモンタージュ写真だっ

た。だが、

「いや、全然似ていませんね。違う方です。私がさっきお会いした方は、もっと、目鼻立ちがはっきりしていて、浅黒いタイプでした。パナマ帽や白い麻のジャケットがよく似合っていました」

「パナマ帽に麻のジャケット?」

「ええ。ただ、似合ってはいましたが、かもし出す雰囲気が、何かこう、とても威圧的で。相手に、緊張感を与えるような」

「なるほど、それで、長く一緒にいたくないと表現されたのですね?」

「はい。でも、そう思った理由はそれだけではありません」

「まだ、他にも?」

「ええ。後ろの方に控えていた二人のお付きの方たちもごつい外見の人だったのです。ですから、下手をすると、三人は反社会的な組織の関係者かもしれないと感じて、気が気でなかったのです」

「そういうことですか、それで私たちを〝ダシ〟に。そうすると、その二人のお付きの人間のどちらかが、この写真の顔に似ていたということはありませんか?」

「申し訳ありませんが、それはわかりません。お二人は入口の方に離れて座っていましたし、サングラスをかけていましたから」

「なるほど、それではわかりませんね」

及川は、とっさに閃いた仮説の確認を断念した。

「私は、国友の仲間ですから、こうして那須川さんを通してあなたと連絡を取ることができましたが、そのパナマ帽の方は、どうやってあなたの存在や連絡先を知ることができたのでしょうか?」

今度は、田代が交代して訊いた。

「おそらく、うちの会社が堀内さんに送った請求書か納品書からだと思います。うちが堀内さんに、いつ、何を納品したかまで詳しくご存知でしたし、実際にその方がその時に見ていた書類の束がうちのものによく似ていましたから。反対側から遠目に見たので、確証はありませんが」

「ほう。でも、なぜその方はそんなものを持っていたのでしょうか?」

「わかりません。確かに、今そう言われればとても不自然なことなのですが、何せあの時は早く離れたい一心でしたので、そこまでは気が回りませんでした」

「わかりました。それでは、話を元に戻してもう一度伺いますが、一番最近の堀内さんとのやり取りはいつだったのですか?」

「一週間ほど前です。大至急という注文をいただきました」

田代に促されるまでもなく、及川が横でメモを取り始めていた。

「いつ、どんなものを納品したのですか?」

「二種類の鋼管でした。鋼鉄製のものが一本と、真鍮製のものが三本です。翌日には、すべて堀内さんのところに届けています」

「鉄砲の銃包身や実包などに加工して使うものですね？」

「おそらく、そうだとは思いましたが、ただ、その時に頼まれたものは、両方とも今までとは違う寸法のものだったのです」

「違う、その寸法を覚えていらっしゃいますか？」

「ええ、初めてのことでしたので、はっきりと覚えています」

五浦が、その数字を口にしはじめた。

及川は、何度か音読を繰り返しながら、五浦から訊いた数字を正確に手帳にメモにとった。田代は自分のタブレットにタッチペンでメモした。

田代は書いた数字を見ながら五浦に訊いた。

「こんな特別な規格ですと、値段の方も当然……」

「ええ、かなり高価です」

「だから、そんなに高価な注文を大至急で頼んできた堀内さんが、すぐに自殺をするとは思えない、ということですよね」

「はい、純粋にそう思いました」

「私たちも、同じ意見です」

田代と及川は顔を見合わせて頷き合った。

「最後に、伺いたいのですが」

田代は、ゆっくりとコーヒーを口に運んでから、話を続けた。

「そのパナマ帽の方は、なぜそこまでして堀内さんのことを調べていたのかを訊かれましたか？」

「何でも、その方は、堀内さんの銃の作品のファンで、もし最後の作品が完成していたのなら、購入したいと思って調べているのだとおっしゃっていました」

「なるほど、堀内さんが手がける銃は、上級者用の素晴らしいものばかりですからね。もっともな理由ですね」

そう言うと、田代は襟を正して改めて五浦に向き合った。そして、頭を下げた。

「五浦さん、遅ればせながら、立場をきちんと明かさないであれこれ伺ったことをお詫びします。そして、ご協力を心から感謝します」

「ど、どうしたのですか、改まって」

「実は、私たちは警察の者です。私は警視庁の田代と申します」

「私は、静岡県警の及川です」

二人は、身分証を提示して見せた。

さすがに五浦は驚きを隠せなかったが、怒ってはいないようだった。それどころか、すぐに笑顔に変わっていた。

「最初に拝見した時から、どこかで見た顔だなと思っていたのですが、あなたは、あの有名な田代室長さんですね?」

「有名かどうかは別として、おっしゃるとおり、広報室長の田代です」

「それで、銃を扱う堀内さんの捜査に」

五浦は、納得したように自ら頷いた。

モニターに映った男たち

五浦と別れた後、二人は、そのホテルの支配人に面会し協力を求めた。

監視カメラを見せてもらうためだった。今度は、初めから警察手帳を提示しての協力依頼だった。

スタッフルームの奥の警備室に通してもらう。

正面に十台のモニターが並んでいて、それぞれの画面が四分割されていた。おそらく、一台のモニターがそれぞれの階になっているのだろう。探すのは一階用のモニターだけでよかった。確認するカメラも正面玄関とロビーの喫茶コーナーに限定される。しかも、巻き戻す時間もせいぜい二時間弱程度で済むはずだった。

「ここです、ここからゆっくり再生してください」

じきに、正面玄関に三人の男が入ってくる場面が見つかった。

白い麻のジャケット姿にパナマ帽を被った男が、二人の男を引き連れて入ってきた。いったん、ロビーを見まわしてから、喫茶コーナーへ真っ直ぐに向かっていく。

喫茶コーナーの前で待っていた五浦と会釈を交わして、中に入っていく。

「画面を拡大できますか」

及川が、モニターを操作してくれている警備員に頼む。しかし、残念ながら、拡大された大きさもその画像の鮮明度も期待したほどではなかった。

「これでは――」

一生懸命に協力してくれている警備員への手前、途中で残りの言葉を飲み込んだ及川だったが、落胆の色は隠せなかった。

天井が高い一階フロアにつけられた監視カメラは、他のフロアのよりも高い位置に設置されているために、そのすべてが上から見下ろすような構図だった。映っている人間の顔の判別はほとんどできなかった。しかも、対象の男たちはサングラスをかけていた。一番顔を知りたいリーダー格の男に至っては、大きなつばのパナマ帽で遮られて顔の一部分すら映っていなかった。結局、早回しで、彼らの行動の確認ができたのみだった。喫茶コーナーでは、五浦の証言通り、五浦とパナマ帽の男が対面して座り、サングラスの男たちは、そこから離れた入り口側のテーブル席に着いていた。三十分ほどで五浦だけを残して、三人の男たちは入ってきたルートをそのまま戻ってホテルを出て行った。

「すみませんが、駐車場の方の画像はありますか?」

田代が初めて口を開いた。

「ありますが、これよりもさらに鮮明度は落ちますが」

返答した警備員も、館内の映像が役に立っていないことを気にしていたようだった。

「かまいません。お手数をおかけしますが」

モニターに映し出されたその映像は言われた通りの質の悪さだった。

仕方がなかった。かなりの高さの位置に設置された一台のカメラで、広い駐車場の全体をカバーしているのだ。そこに映っている車は豆粒のように小さい。当然、拡大して見てもぼやけた映像にしかならない。かろうじて、車種と色が確認できる程度だった。そこに映る人間に至ってはさらに不鮮明だった。

だが、悪いことばかりではなかった。

ホテルの建物を出た三人の動きは、しっかりと確認できていたのだ。

「パナマ帽を被っていてくれたおかげで、三人の位置がはっきりとわかりますね」

及川が弾んだ声で言った。

自分たちの車の前に来ると少しだけ立ち話をして、三人はそれぞれの車に乗り込んだ。

サングラスの二人は同じ車に一緒に乗り込んだ。ありふれた白い中型のセダンとまでしか確認できない。だが、隣に駐車してあったパナマ帽の男の車は、少しだけ特徴があった。珍しい部類の外観の車だったからだ。

「薄茶色の外車っぽいデザインですね。国産では見かけない形です。丸みを帯びたスポーツカーのような、そんな感じの……」

及川が画面をまじまじと見ながら言った。

「でも、わかるのはそのくらいですね。色も形も珍しいけど、車種までは」

及川の声が、だんだんトーンダウンしていった。

「これは、カルマンギアですね。タイプ1です」

田代がはっきりと断言した。

「えっ、田代室長はわかるのですか。こんなに上からの角度で、しかも、こんなに不鮮明なのに？」

「ええ、好きな車なので」

「これは、やっぱり外車ですか？」

「ええ、フォルクス・ワーゲン社のスポーツ系のクーペです。もう、半世紀も前に生産は終了していますが、ダメもとで持ち主などを調べてみてもらいましょう」

そのうちに、二台の車は、モニターの画面から消えて行った。

地元警察には内密でやっているので、通常のように街中の防犯カメラでその先を追うことはできない。監視カメラでの捜索はここまでだった。

念のために、関連する映像のコピーと静止画のコピーをもらって、警備室を出た。

田代は、五十嵐麻美にその外車の持ち主を探してみるように頼んでから、ホテルを後にした。

店主の証言

堀内銃砲店には、ホテルから車で十五分ほどで着いた。

案内役の米原署の刑事が入り口のシャッターの鍵を開けてくれた。礼を言って、及川が中に入ろうとした時に、田代がその刑事に訊いた。

「あの酒屋さんが、第一発見者の？」

県道の反対側に、一軒の酒店がぽつんと建っていた。

「はい、あれです」

「及川さん、先にあの店で話を伺ってみましょう」

田代は及川を連れ立って、その酒店を訪れた。

店主は、いつものようにレジの横に座って新聞を読んでいた。

「すみません、ご店主。少しお話を伺えますか？」

「また、堀内さんのことですかね？」

店主は新聞から目を離そうともしない。

「その通りですが、どうしてそれがおわかりになったのですか？」

「だって、前に来た刑事さんの車が堀内さんの店の前に停まりましたからね。こう見えても、私は常に店の外には気を配っているんですよ」

明らかに、店主は不機嫌だった。

「なるほど、それは恐れ入ります」

田代は、恐縮をしながらも食い下がった。

「何とか、お話を伺えないでしょうか。なるべく、短い時間で済ませますので」

店主はそれでも新聞から目を離さないまま、面倒くさそうに言った。

「だったら、お客さんになればいいでしょ。そうすれば、私の方も嫌でも応対せざるを得ませんからね。前に来た方なんかは、言われなくてもちゃんとコーラを先に買ってから話を訊いてきましたよ」

「なるほど、アドバイスをありがとうございます」

田代は、及川にそれを頼んだ。

「及川さん、栄養ドリンクを三本お願いします」

及川が、かかえてそれを持ってくると、店主が渋々とレジの前に立って会計が行われた。

「よろしかったら、飲んでください。暑いですから」

田代は、そのうちの一本を店主に差し出した。

「そうですか。それじゃ、せっかくだからいただきますよ」

強張っていた店主の顔が、少しだけ緩んだ。

そして、自分のとった態度を詫びた。

「押し売りのような態度をとって、すみませんでしたね。もう、うんざりしていたんですよ。こう毎日のように押しかけられて、同じことを何度も聞かれたんじゃね。私だって、文句のひとつも言いたくなりますよ」

「お察しします」

店主の不平は止まらなかった。

「何度もこうして来られると、私が犯人だと疑われているんじゃないかと思ってしまいますよ。こっちは、誠意で通報しただけなのに」

「犯人扱いなんてするわけがありませんよ。そもそもあれは、自殺なのですから」

田代が宥めようとすると、店主が遮った。

「いや、そうとも限りませんよ。私がこんなことを言うのも変ですが……。きのう話を訊きに来た方も、自殺ではないと思っていたようですからね」

「きのう訊きに来た方というのは、コーラを買ったという？」

「ええ、その方です」

「だって、警察さんは自殺と考えているのではありませんか？」

「いや、その方は、警察の方ではありません。堀内さんの鉄砲の取引関係の方ですよ」

「取引関係……、関西鋼管の五浦さんですか？」

「そこまでは、わかりません。名前や会社名は伺っていませんから」

「ちょっと、待ってください！」

そう言いながら、及川は飲みかけのドリンクをあわててレジカウンターに置くと、鞄の中から大判の用紙を取り出した。

「わかりにくいですが、これが五浦さんです」

Ａ４大のコピーを見せる。米原のホテルの監視カメラの静止画を拡大したものだ。

「斜め上からで、本当にわかりにくいですね。でも、まったく違いますよ」

店主はきっぱりと否定した。

「では、この人では？」

及川は、例の御殿場の『無感情の男』のモンタージュ写真を見せた。

「これは、真正面でわかりやすい顔ですね。でも、この方もまったく違います」

店主はまたも、きっぱりと否定した。

「だとすると、このパナマ帽の方では？」

静止画を拡大した別のコピーを見せる。

「これじゃ、帽子で顔がほとんど見えないじゃないですか。でも、違いますね。こんな感じの方ではありませんでした」

三度目も、店主はきっぱりと否定した。

「そうですか」

及川は、がっかりとした面持ちでそのコピー類を片付けようとした。

「ああ、ちょっと」

それを、店主が止めた。

「パナマ帽の方の後ろに映っている方がそうかもしれませんね」

「えっ、この二人のうちの？」

「はい」

店主は右側の男を指さした。

「あの時はサングラスはかけていませんでしたが、着ているものも同じようだし。顔もこんな感じでした。もう一人の左側の方は、店の外で待っていましたよ」

及川と田代は、思わず顔を見合わせていた。

持ち去られた物

堀内の銃砲店に戻った田代と及川は、店舗内を見始めた。

二階の和室には布団が敷かれたままだった。堀内はそこで事切れていたという。米原署の案内役の地元の刑事が、鑑識が撮った現場の大判の写真を見せながら説明してくれた。

堀内の亡骸の枕の横には、空になったウイスキーの瓶とこれもまた空になった睡眠薬の錠剤のボトルが転がっていた。今はもう、両方ともそこにはない。検分が終わって処分されたのだ。

テレビの横の飾り台の上には、写真立てが並べられていた。いずれにも同じ若い女性が写っていた。高校の正門で撮った卒業式の時のものやスナップなどだ。中には堀内と一緒に写っているものもある。田代は、じっとそれを見ていた。

「娘さんですね」

及川がやりきれない表情で言った。

「たったひとりの父親が亡くなったことをまだ知らないなんて、いったい、どこで何をしているのやら」

「早く、連絡が取れるといいですね」

二人は、その場から逃れるように二階を後にした。

今度は、一階の店舗部分を見始める。

しばらく見たのちに、田代が呟くように言った。

「やはり、ありませんね」

「えっ、何がないのですか？」

及川が訊いた。

「この店の帳簿や、請求書とか納品関係の書類とか、そういった類のものです」

「そう言われてみれば見当たりませんね」

及川も首をひねった。

田代が、案内役の刑事に訊いた。

「帳簿とか納品伝票とか、そういった書類関係のものは、署の方に持ち帰られましたか？」

「いや、そういった類のものも含めて、今回は何も持ち帰っていません」

「取引先とかが書きこまれているような電話帳なんかも？」

「はい、いっさい、持ち帰っていません」

「そうですか、わかりました」

そのやり取りを横で見ていた及川は、納品業者の五浦の供述を思い出した。そして、案内役の刑事に気づかれないように小声で訊いた。

「田代室長、ひょっとして、さっき五浦さんが言っていた……」

すると、田代は頷きながら、二枚の大判の現場写真を及川に差し出して見せた。

そして、無言のままそれぞれの写真の中のある一部分を指してみせた。一枚目は、レジの後ろの棚に並んで立てかけてあるファイルがある部分、二枚目は店の電話機の横に置いてある電話帳の小さなファイルが置いてある部分だった。

「現状と比べてみてください」

田代も小声で言った。

及川は、言われた通りに写真と現状を見比べてみた。

及川は、思わず大きな声を出しそうになった。

幸い、案内役の刑事には気づかれていなかった。

「両方とも、なくなっていますね。ということは」

「あのパナマ帽の一味が、忍び込んで持ち出したのでしょう」

「五浦さんが言っていた似ている書類というのは、やはり」

及川の呟きに、田代が、深く頷いた。

「それにしても、奴らは」

及川がそう言いかけた時、

「すみませんが、ちょっと、用を足してきます」

と言って、田代は勝手口から店の裏の方に出て行ってしまった。

作業場の中で

数分後、田代が店の裏から戻ってきた。

一階をひと通り見終わると、田代は米原署の鑑識が撮った写真の束を見直した。その中から何枚かを選んで、残りを案内役の刑事に返した。

それから、及川たちに言った。

「申し訳ありませんが、お二人は、しばらく外に出て待っていてください」

そう言うと、田代は奥の作業場のドアの方を向いた。

「わかりました。でも、どうして——」

言いかけた及川は、ぎょっとした。

目の前の田代の背中から、得も言われぬ圧力を感じたからだ。

今まで接してきた物腰の柔らかいあの田代水丸の雰囲気とはまるで正反対だった。別人のようだった。何とも表現できない威圧のオーラが全身から湧き出ている。近寄りがたいというレベルですらない。誰にも立ち入らせない、その理由を聞くことさえ許されないような絶対的な威圧感だった。

「わかりました。どうぞ、ごゆっくり」

精一杯絞り出した及川のその返事に、もはや、反応すらもない。

及川たちがそそくさと店の外に出ると、田代は作業場に入っていった。日本屈指の銃職人の工房だ。正面に大きな作業台が鎮座している。名器と謳われる数々の銃が生み出されてきた作業台だ。見ると、その台の上にも娘の写った写真立てが置かれていた。

田代はゆっくりと室内を見回すと、作業台用の丸椅子をドアの方へ持ってきて、そこに腰かけた。

足を組んで、選んだ数枚の大判の写真を見始める。

一枚一枚を、時間をかけて丹念に見る。誰もいないこの部屋は、不気味なほどの静寂さだった。田代水丸の人並み外れた霊力が、徐々に研ぎ澄まされていく。カサッ、カサッと、時折、写真をめくる音だけが部屋中に響く。

ひと通り写真を見終わると、田代はもう一度、部屋正面の全体が写っている写真を見直した。目の前の室内の様子と同じ角度にして見比べた。それから、ペンを取り出して、その写真の何ヶ所かに〇印をつけた。

その作業が終わると、彼は写真の束を横に置き自分の胸に手を当てた。シャツの上から胸にかけてあるペンダントに触れる。左右対称に鳥居のようなデザインが施された母からもらった丸いペンダントだ。

そして、静かに目を閉じた。じきに、深いトランス状態に入っていく。

もう一人の田代水丸が、数時間前、さらに、数日前の「時空」と同化していく。部屋の風景が、タイムラプスの動画のように幾重にも重なっていく。その中で、何かがうごめいていた。人だ。何かをしている人が、ゆらゆらと陽炎のようにうごめいている。少しずつその輪郭がはっきりとしてくる。堀内大輔が作業をしている姿だ。だが、それは普段のように称賛される正しい行いではない。それが、何かはわからない。おぞましく、悪意に満ちた何かだ。人は他にも二人いた。それが誰だかはわからない。わからないが、吐き気をもよおすような、不気味な誰かだ。

やがて、それらはぼやけ、そして、消えて行った。

長い静寂が続いた。じきに、田代はゆっくりと長い髪を前から後ろへ掻き上げた。

そして、自問してみる。堀内大輔は一週間も店を閉めて、いったい何をしていたのだろうか。酒屋の店主の話だと、夜中までこの工房で何かをしていたのだ。していたのではなく、させられていたのかもしれない。誰かに無理やりやらされていたのだ。そして、口を封じられたのだ。そう考えて、まちがいないだろう。彼の犯罪への霊力と嗅覚は、そう答えていた。

田代は、もう一度、長髪を掻き上げた。それは、あのパナマ帽の一味なのだろうか。それはわからない。わからないが、あの男のとっている行動は自分と同じだった。五浦を探し出し、得ようとした情報の内容についても、ここに押し入って得ようとした情報についても、着眼点は自分とまったく同じだった。この工房から持ち出されたものも、実は、田代自身が一番手に入れたいと思っていたものだった。すべてが、自分と同じ視点だった。

そういう男が存在したことは、驚きだった。自分と同じような嗅覚を持った人間と出会うのは生まれて初めてだった。そして、その男は、常に自分の一歩先を行っていた。

田代がどうしても手に入れたかったのは、堀内が五浦から取り寄せた鋼管の切り捨てた残りの部分だった。用済みになった切断した後の両端部分の鋼管だ。

数日前までは、この作業場にあったものだ。地元警察の鑑識が撮ったゴミ箱の中の現場写真にそれらしきものがきちんと写っていた。だが、目の前のゴミ箱の中からそれらのものは消えていた。鋼管の切り端だけが、忽然と消えているのだ。

それを持ち去ったのは、あのパナマ帽の男に違いなかった。

「いったい、あの男は何者なんだ」

思わずそう口にした田代は、初めて味わう感覚に戸惑いを隠せなかった。

堀内に作業をさせた男たちからは、得体のしれない悪意のようなものを感じ取ることができた。だが、あのパナマ帽の男たちからは何も感じ取ることができないでいた。

田代は、三たび長髪を掻き上げると、ゆっくりと椅子から立ち上がった。

そして、作業場を出た。

「お待たせしてすみませんでした」

しばらくして、田代が建物の中から出てきた。

「気になさらないでください」

そう笑顔で答えた及川は、心底安堵していた。

田代が、元の穏やかな様子に戻っていたからだ。

「今日は、本当に助かりました。ここからはもう私たちだけで大丈夫ですので、署の方へお戻りください。私たちは、もう少しだけ現場を見てから帰りますので」

田代は、案内役の米原署の刑事にそう礼を言って帰ってもらった。見送ったのちに、米原署署長の沖永にも礼の電話を入れた。

久しぶりに、田代と及川の二人だけになった。

「それで、作業場の方はどうでしたか？　何か、収穫はありましたか？」

「ええ、それなりにありました」

「それは良かった。どのような――」

及川がその内容を訊こうとした時、田代が間髪を入れずに言った。

「詳しい説明は、あとにさせてください。それよりも、急ぎの頼み事があります」

「は、はい。どうぞ」

「今からすぐに、松村さんに連絡を取って、ここへ来てもらってください」

「えっ、うちの鑑識官の松村さんですか？」

「そうです。無理を承知でお願いしますが、大至急、来てもらってください」

「頼んではみます。ただ、そうなるといろいろと手順が。ここはうちの管轄から三〇〇キロ以上も離れた滋賀県ですから、昨日のように東京の科捜研に行ってもらうのとはわけが……」

及川は、困った。

今回の出張は、直属の上司の目澤が応援してくれているおかげで、自分自身は自由に動くことができている。しかし、鑑識課の松村までとなると目澤の裁量を超えてしまうという恐れがあった。恩のある彼にこれ以上迷惑をかけることだけは避けたかったのだ。

「その辺は、きちんと手を打つつもりですが、何か心配ごとがあるのですか?」

そんな及川の心情を察するかのように、田代が訊いた。

「はい、実は、お恥ずかしい話ですが」

及川は、御殿場署の捜査会議での出来事を中心に、今の目澤雅治が署内で置かれている状況を説明した。

「そういうことですか。今の目澤課長は、厄介ごとにはなるべく首を突っ込みたくないという事なかれ主義のしょうもない上層部と部下たちとの間《はざま》で孤軍奮闘されているのですね。そんな尊敬できる上司に、これ以上余計な迷惑はかけられないということですね?」

及川が説明に託した気持ちのすべてが、田代に正確に伝わっていた。

「はい、その通りです。まさに、その通りなんです!」

及川は、嬉しさのあまり、大きな声で答えていた。

「それにしても、その目澤課長さんは素晴らしい方ですね。今度、ぜひお目にかかってみたいものです」

「はい、最高の上司です。ぜひ、そうしてください！」

嬉しそうにそう答える及川を見て、田代は不憫に思った。

彼には、身近にこういう話を相談できる先輩がいなかったのだ。それどころか、今、彼の周りにいる先輩連中は、正反対だった。彼や目澤の粗を探して上層部に密告するような輩なのだ。そうさせている上層部も同類だった。

硬直した組織によくみられる慣れ合い主義、事なかれ主義の典型である。成果を上げようと努力する人間を、そうでない多数の人間が結託して潰しにかかるのだ。まさに、出る杭は打たれるを地で行くような悪しき状況だった。

田代は、機会があれば、何とかしてあげたいと強く思った。

「大丈夫ですよ、及川さん。松村さんを動かす手順の方は心配しないでください。うちのしかるべき人間からおたくの稲田本部長さんに連絡を入れて許可を取ってもらいますから」

「えっ、県警本部の？」

「ええ、そうですよ」

「あの、ちなみに、『うちのしかるべき人間』とはどなたでしょうか？」

まだ、不安を払拭しきれない及川は、念のために訊いてみた。

「警視庁の宗方警察本部長のことです」

「ええっ、警察本部長殿に、そんなに簡単に許可がいただけるのですか？」

「大丈夫ですよ。電話一本でいただけます」

さらりとそう言ってのける態度に、知名度があるとか目立つポストにいるという範疇にとどまらず、田代には実力が伴っているのだと及川は瞬時に思い知らされる。

「わかりました。それでしたら、まったく問題ありません。すぐに、松村さんに連絡します」

及川は、喜び勇んで電話を手にした。

及川の電話が松村とつながったのを見た田代は、指紋採取のキットを持参してもらうように言い添えた。松村は、すぐにこちらに向かうと快諾してくれた。

「そうか。それで、地元の刑事さんに帰っていただいたのですね。こちら側の作業を知られないためにに」

電話を終えた及川が納得して言った。

「まあ、そういうことです。ここからは、我々だけでやっていくしかありません。どうしても、松村さんに調べていただきたいことがあるのです」

急いで確認することがあった。だが、今の時点では地元の警察には頼めなかった。そこで松村を指名したのだ。田代は行きの車中で、松村の優秀さと信頼性の高さを及川から聞いていた。さらに、科捜研の廣瀬からも、松村は気を許せる仲間だとのお墨付きを電話で知らされていた。

「松村さんは、どのくらいでここに来られますか？」

「まだ正式な捜査ではありませんから赤色灯は使えませんが、今の東名は途中から一〇〇キロ超で走れますから、四時間少々だと思います」

「では、私たちはそれまでの間に今夜の宿を確保しましょう。今日の報告書もまとめなければなりませんから」

「わかりました」

及川が近くのビジネスホテルに予約の電話を入れている間に、田代は宗方に今日一日のあらましを簡潔に報告した。詳細は、報告書にしてあとでメールで送ると伝えた。静岡県警の稲田本部長にも、宗方の方から連絡を入れてもらうことで了承をもらった。

それから、田代は五十嵐麻美に連絡を入れた。彼女には依頼事をひとつと、そして葬儀場での礼を言った。

一連の用事を済ませると、田代と及川は予約したホテルへ向かった。

暗闇の真里華

堀内真里華は、経験したことのない緊張感に疲れ果てていた。

両手足を拘束されたままこの場所に監禁されてから、おそらく四、五日が経過している。長い時間、縛られたままの両手が心配だった。後ろ手に縛られなかったのが救いだったが、それでも手が壊疽化してしまうと、大好きなクレー射撃ができなくなってしまうからだ。定期的に握っては開いてを繰り返し、何とか血流は維持できている。

最初は漆黒だったこの部屋も、今はほとんど見ることができた。二日目あたりから目が暗闇に慣れてきたからだ。四畳半ほどの広さのここは、部屋というより、物置のようだった。折りたたみ椅子やテーブル、ゴムボートやオールなどが置かれている。だが、頑丈に閉じられた扉をこじ開けられるような工具や金属類は、残念ながら置いてなかった。

唯一の救いは、飲み水が豊富にあったことだ。幸いなことに、部屋の隅に段ボールにギッシリ詰められた手つかずのスポーツドリンクが置いてあったのだ。真里華はそれを飲んで、何とか生命を維持できていた。

自分が、なぜこんな目にあうのかがわからなかった。まるで、見当がつかなかった。

監禁されているここがどこなのかも皆目わからなかった。千葉の柏市の近くなのか、それともずっと離れた場所なのか、それを考えるヒントはなかった。何かの薬物を使われてずっと眠らされていたからだ。目覚めたら、こうなっていたのだ。少なくとも、いたずらの類でないことは確かだった。大きなバンで急に目の前の道をふさがれ、降りてきた男たちにその中に押し込まれたのだ。何かを嗅がされて、そのまま意識を失ってしまったのだ。思い出すのも嫌だが、それだけは紛れもない事実だった。

だが、それっきりだった。ここで目覚めてから、その男たちも含めて誰も来なかった。ずっとここに放置されたままだった。いったい、いつまでこんな状態にされているのだろうか。不安で、不安で、どうにかなりそうだった。

会いたい。翔英さんに、会いたい！

真里華は一番会いたい人の名を、心の中で知らず叫んでいた。

その時だった。

何かの呻き声が聞こえた。扉の向こうから洩れてきていた。

ううう―、という地を這うような呻き声だ。真里華は緊張した。緊張しながらも、必死に耳を立てようとした。その瞬間に、それが吠えた。

犬だ。犬がこちらに向かって吠えていた。

激しく吠えていた。真里華は身震いするほどの緊張で、気が遠くなりそうになった。普段の彼女なら、犬に吠えられてもそこまで怯え、緊張することはなかった。だが、今の彼女には、それが人を喰らう猛獣の雄叫びのように聞こえていた。しばらくすると、犬は吠えるのをやめて、最初の呻き声に戻った。

扉が、ゆっくりと開いた。

外から射してくる明かりが眩しすぎて、始めは何だかわからなかった。

人の輪郭が見えてきた。小さな輪郭だ。

子供だった。子供が立っていた。

そして、声を発した。

「お姉さん、そこで何をしているの？」

松村の実感

田代と及川は、再び堀内銃砲店を訪れた。昨夜、東名高速を走ってから何時間が経過しただろう。

ほどなく、松村の運転する車が到着した。御殿場から休憩なしで駆けつけてくれたのだ。

「急なお願いですみませんでした」

田代は車に駆け寄り、まず礼を言った。

「いえいえ、頼んできたのがあの田代室長だと知って、喜んで参りましたよ。我々、鑑識官にとって田代室長は先生ですからね」

松村は、嬉しそうだった。会いたいと思っていた田代水丸に、こんなに早く会えるとは思ってもみなかったからだ。

「恐縮です。昨日からほうぼう移動していただいて、お疲れのところ申し訳ありませんが」

「大丈夫です。すぐに始めましょう。現場はこの建物ですね？」

松村は、察しがよかった。

昨日、科捜研の廣瀬からもらったアドバイス通りだった。

「ありがとうございます」

建物の中に入ると、田代が用意しておいたレジ袋ほどの大きさのビニール袋を松村に差し出した。中には瓶らしきものと他数点が入っていた。

「この中にあるものの指紋を採取してください。二人分出るかもしれません。それから、この建物の中にある堀内さん本人の指紋を探して採取してください。今日の作業は、それらの採取までで終わりです。あとは、明日御殿場に戻って、各々の照合作業の方をお願いします」

「それだけでいいのですか？」

松村は拍子抜けしたように確認した。

「ええ、それだけで充分です」

「わかりました。では、目の前のこれからはじめましょう」

そう言うと松村は、店舗の中の小さな応接テーブルの上に手際よくビニールシートをかぶせた。手袋をはめ、渡されたビニール袋の中から依頼物を出してその上に並べた。

ウイスキーの空瓶、プラスチック製の薬のボトル、それと写真立ての、計三点だ。

「田代室長、これは？」

及川が訊いた。

「店舗の裏のゴミ箱をあさりました」

田代が笑って答えた。

「ウイスキーの空瓶、薬のボトルは堀内さんの枕元にあったものですね」

地元の鑑識官が撮った現場の写真を思い出して、及川が言った。

「そうです。地元警察さんは、堀内さんの死因が自殺だと断定してしまいましたから、これらを保管せずに捨ててしまったのです。幸いまだ回収されずに建物の裏に置いてありました」

「あの時、用を足してくると言って、裏口の方に行ったのはそういうことだったのですね？」

「ええ、そうです」

「つまり、自殺ではなく誰かに呑まされたのであれば、これらのボトル類に犯人たちの指紋が付いているかもしれないと？」

「もしそうであれば嬉しいのですが、まあ、そううまくはいかないかもしれませんね。自殺に見せかけようとする人間であれば、少なくとも自分の指紋を綺麗に拭いてから、堀内さんの指紋だけをあとから付けるくらいの細工はやるでしょうから」

「確かに、そうですね」

及川はすぐに、自分が言った一般論を引っ込めた。

「ただし、それが指紋を取られても身元が特定できない人間たちなら、平気で指紋を残して行くかもしれません。その可能性があるので、松村さんにはるばる来ていただいたのです。僕は、今回の犯人たちにそんな余裕と大胆さを感じてならないのです。実に不敵な奴らです」

田代が、始めて犯人像にまで言及した。

「田代室長、それは、ひょっとして例のパナマ帽の一味ですか？」

「いや、そうではない気がします」

「じゃあ、いったい？」

「それについては、推測の域を出ませんので、明日の指紋照合が終わってからにさせてください」

「わかりました。ただ、ボトル類についてはそれでわかったのですが――」

及川は少し訊くのをためらった。

知らず、田代の分析力に圧倒されはじめていたからだ。

「なぜ、この写真立てを調べるのか、を知りたいのですね？」

及川の意を汲んで、田代が助け舟を出した。

「その通りです」

それは、二階にあった方のものではなく、作業机の上にあった方の写真立てだった。

「そう思われるのは、ごもっともです。しかし、僕は、可能性で言えば、むしろこちらの方が高いかもしれないと考えているのです」

「ボトル類よりもですか？」

「そうです。ボトル類の時は、曲がりなりにも自殺を偽装しようとする場面ですから、犯人はそれなりに注意をするかもしれません。しかし、写真立ての時は、犯人の心にスキができていたかもしれませんので」

理路整然と説明されているのはわかるが、及川には写真立てのくだりがまったく理解できなかった。

「すみません。そこの部分をもう少し具体的に教えていただけますか」

「僕一人で先走ってしまって申し訳ありません。ただ、それについてもまだ仮説の上の仮説なので、やはり明日の指紋照合が終わってからにさせてください」

田代は、ほほ笑みながら陳謝した。

「その代わりに、お二人に今から大切なことをお話しします」

今度は、真剣な表情で言った。

「お二人が追っている例の自衛隊の演習場の脇に落ちていたあの薬きょうのことですが、あれは堀内さんご本人が造ったものです」

「本当ですか?」

この話には、松村も身を乗り出していた。

「まちがいないと思います。そう確信したので、松村さんを堂々とここまで呼ぶことができたのです」

「そう確信された理由を聞かせてください」

今度は、松村が訊いた。

「もちろんです。まず、大前提として、あのような特別な薬きょうをハンドメイドで造ることができる人間は数えるほどしかいません。国内では、堀内さんと他数名です。そして、堀内さんが五浦さんの会社に注文して取り寄せた鋼管を加工すると、まさにあの落ちていた薬きょうと同じ寸法になるのです」

説明を聞いた二人は、唸るように天を仰いだ。

「そうです。御殿場の殺人と滋賀のこの殺人とは、密接につながっているのです。こちらに来てから色々と骨の折れる出来事が続きましたが、ひとつとして無駄なことはなかったのですよ」

「あの時、引き返さなくてよかったんですね！」

若い及川は、思わずそう叫んでいた。

名神高速を滋賀に向かう途中で、堀内大輔の死亡がわかった時のことだった。

「それにしても、田代室長は、やはり凄いですね。あの時、私はあきらめて引き返そうと思っていました。しかし、田代室長の言葉でそのまま向かうことにしたのです。あの時、室長は、『気になることがあるからこのまま行こう』とおっしゃいました。あの時点で、すでに何かを掴んでいらっしゃったのですね？」

及川は少し興奮気味に言った。

「いや、まさか。純粋に、何かが気になっただけなのです。その何かには、科学的な根拠はありません。現場の刑事さんたちがよく言うところの〝勘〟ってやつと似たようなものです。ただ、漠然と感じるだけなのですよ」

そう言って田代は謙遜して見せたが、それこそが、警察関係者の間で評判になっている田代水丸の霊力や嗅覚たる所以なんだと、松村は実感していた。

第五章　一大人脈

送られてきたメール

茨城県西茨城郡友部町、ＭＪ社――。

技術者の大岡吉道は、研究室内で急遽その依頼に取り組んでいた。

田代水丸が、出張先の滋賀から急ぎの依頼をしてきたのである。

送られてきた資料を基に、想定されるライフル銃の実質的な性能を割り出してくれという内容だった。実質的な性能とは、ただ単に飛ばせる距離ではなく、銃弾の威力を維持できる距離のことだ。

今回のそのメールの資料は、本庁の五十嵐麻美経由で送られてきている。それは、この案件の重要性と機密性を意味していた。警視庁の職員が使用するパソコン、及び直結するタブレットのような端末のデータには厳重なガードが掛けられており、外部への持ち出しやコピーは固く禁じられている。同時に内務調査室のチェックを受けている。

ただし、業務の特殊性から例外的に免除されている者が数名いる。田代とその直属の部下である五十嵐麻美は、それに該当していた。田代の捜査手法は、組織の枠を超えて縦横無尽に活動し、常に迅速性が要求されるからだ。

ライフル銃の性能を割り出すには、二つの課題を克服しなければならなかった。

一つは、薬きょうのスペックである。そこに詰め込まれた火薬の量から、弾丸を撃ち出す力や撃ち出し速度を計算するのである。一つ目の課題については、すぐに完了することができた。科学捜査研究所の廣瀬基夫が、現物を届けてくれたからだ。聞けばその薬きょうは、数日間のうちに滋賀から静岡に移動し、そのあと都内と静岡を行き来し、さらに大岡がいる茨城に運ばれてきたのだという。

問題は、二つ目の課題だった。銃包身のスペックである。

素材や径口は元になった鋼管がわかっているのでよかったが、肝心の最終的な長さがわからないままなのだ。基の鋼管の長さはわかっているから、それを切断して余った両端部分の鋼管の長ささえわかれば、銃の製作に使われた鋼管の長さはわかる。

だが、いったんゴミ箱に捨てられたそれらの切り端の鋼管は、誰かに持ち去られてしまったという。大岡の手元に送られてきたのは、持ち去られる前に地元警察の鑑識員が撮った写真データだけなのだ。それも、漠然とゴミ箱の中の様子を撮っただけのものだ。これでは、銃包身の正確な長さは割り出せなかった。

「情報が不足している」

大岡は、静かに呟いた。

デスクの横にある大きなホワイトボードにいくつかの計算式を書いたまま、そこで完全に彼の手が止まってしまっていた。

大岡は、もともと建築工学のスペシャリストだった。東京工業大学を優秀な成績で卒業し、日本を代表する建築設計事務所に入社した。そこでは東京スカイツリーの構造の設計に参加するなど将来を約束されていたが、あることがきっかけでMJ社に再就職してきたのだ。彼の応用力学や機械工学における計算能力は卓越している。だが、銃包身の長さがわからない限り、彼の能力をもってしても正確な実働飛距離を導き出すことは不可能であった。

その時、パソコンのチャイムが鳴った。一通のメールが入っていた。見覚えのないアドレスからだったが、その件名を見てそれが誰からのものかはすぐにわかった。

件名に「最終的な鋼管の長さ」とあったからだ。

「よし、いける」

その内容をひと目見て、大岡の目がさらに鋭さを増した。

それからは、あっという間だった。大岡が手にした水性マジックペンは、水を得た魚のようにホワイトボードの上を軽快に動き回った。そして、五分も経たないうちに結論の数字が導き出された。

大岡は、すぐにその結果を五十嵐麻美に返信した。

結束

米原市内のビジネスホテルに各々の部屋を取った三人は、ホテルの近くにある居酒屋で遅い夕食をとっていた。

「松村さん、昨日の科捜研に続いて、休む間もなく急なお願いですみませんでした」

改めて、田代が礼を言った。

「いえいえ、自分の警察官人生で、田代室長と一緒に仕事ができるなんて思ってもみませんでしたから、とても光栄ですよ」

松村は、偽りなく嬉しそうに言った。

「それに、科捜研の廣瀬さんとお目にかかれたのも、自分にとってとても有意義なことでした」

「そういう風に言っていただけると、私も少しは救われます」

「松村さんは、本当に優秀ですからね」

及川が嬉しそうに言った。

「いやいや、まだまだ未熟者です。逆に、私の方が、及川刑事に学ばせてもらっていますよ」

松村は、遥かに年下の及川を立てるという風でもなく、真顔で言った。

「私から？」

「ええ。御殿場の例の高所作業車があった現場でのことです」

「あそこで、何かありましたっけ？」

及川は首をひねった。

「あそこで、あなたが落ちていた薬きょうを拾った時のことです」

「ああ、はい」

「私はあの薬きょうを見た時に、普段の慣れから自衛隊さんの演習の時のものだと決めつけてしまっていたのです。しかし、それは大きなまちがいでした。まちがいどころか、重大な失態になるところでした。あの時の私は、『先入観を持つ』という、鑑識官として一番してはならないことをしてしまったのです」

松村は、及川の顔を直視しながら続けた。

「しかし、あなたは違いました。私にそう言われながらも、念のために確認をするようにと指示されました。結果的に、あの薬きょうはこの事件の本質に迫る〝鍵〟でした。捜査をここまで進めたとても重要な物証でした。もし、あの時にあなたが勇気をもって確認を指示されていなければ、大変なことになってしまっていたのです。ですから、私はどうしようもない未熟者なのです」

「まあ、そう言われてみれば、そうかもしれませんが、そこまでご自分を責めなくても」

「私は、あなたが刑事としての基本的な資質が備わっていると尊敬しています」

「わかりました。今日のところは、素直に受け取っておきます」

及川は、半分照れながら笑顔で答えた。

二人の楽しそうなやり取りを見ていた田代は、昼間の及川の訴えを思い出した。

おそらく、この松村でさえも、つい最近までは今の御殿場署に蔓延する事なかれ主義に毒されかかっていたのだろう。だが、及川の純粋なひたむきさに、初心を取り戻すことができたのだ。

「ところで、田代室長」

すっきりとした面持ちで、松村が訊いてきた。

「室長は、銃器に関して我々に指導するほどの専門家でおられながら、なぜ、広報室という部署におられるのですか？　初めてそれを知った時に、仲間の鑑識員たちと疑問に思っていたのです」

「ああ、それですね。よく聞かれます。それは僕が警視庁に入庁した時にクレー射撃の選手だったからです。一般企業でいうアスリート社員のようなものです。その当時は、射撃の練習や試合の遠征が日々の中心でしたから、通常の警察業務の部署には配属できなかったのです」

「なるほど、そういうことですか。それにしても、その若さで室長さんとは」

「まあ、たまたまその後、運よく日本チャンピオンに二年連続でなれたことと国家公務員の総合職試験に受かったことで、分不相応な役職を拝命したということです」

「そのどちらも凄いことだと思いますが、田代室長の場合は、さらに加えて犯罪捜査の方でも大変なご活躍をされていますから」

及川と松村は、顔を見合わせて頷き合った。

広報室長という肩書を超えて、数々の難事件を解決に導いた田代の名声は、マスコミを通じて広く知れ渡っていた。

「それも、結果的にそうなってしまっただけですよ。鑑識の松村さんはご存知かもしれませんが、警視庁には『広域技能指導者』という制度が以前からありました。特にその分野で突出した技能を持つ者においては、活動範囲を広くさせて多くの事案で活躍できるようにしているのです。僕の場合は、もちろん、銃部門でのそれです。だから、僕は広報室の業務を超えて動くことが多々あったということでしょうか」

「有能な人材をより有効活用できるいい制度ですね。それにしても、ここぞという時の田代室長の集中力は物凄いですね。正直、あの時は怖いくらいでした」

「えっ、いつの時ですか?」

「堀内さんの銃砲店で、一人にしてくれと言われた」

「ああ、あれですか。あの時は、すみませんでした」

「どんなことがあったのですか?」

松村が、興味津々で訊いてきた。

「はい。堀内さんの銃砲店で捜索をしていた時のことです。ちょうど、松村さんに協力依頼の電話をする直前です。あらかた終わった頃に、田代室長が一人だけにしてくれと言われたのです。その時の室長の様子が、まるで別人のようで。声をかけるのもためらってしまうような、何か物凄い殺気のオーラで」

「ははは、そうでしたか。時々出る僕の悪い癖です。堪忍してください」

田代が、笑って謝罪すると、

「科捜研の廣瀬さんからも同じ話を聞きましたよ。そのオーラを喰らうと、徹夜をしてでも手伝わざるを得なくなると。きっと、その時に例の噂の『犯罪嗅覚』というのが働き始めていたのですね」

松村が嬉しそうに訊いた。

「まいったな、廣瀬さんからも聞かれましたか。僕自身もそれが何だかよくわからないのですが、おそらく、そんなようなものです。仲間や上司からは、『嗅覚の怪物』だなんて揶揄されて、よくからかわれるんですよ」

「怪物はちょっと酷すぎますね、こんなにスマートで優しい方なのに」

全員が大笑いし、三人のチームは結束を固めた。

まどろみの中で

三十分後——。

ホテルの部屋に戻った田代の元に、麻美からメールが入った。MJ社の大岡からの報告結果が転送されてきたのだ。田代は嬉しそうに何度も頷きながら、その報告内容を読んだ。

それが終わると、大岡に礼の電話を入れた。

「大岡さん、夜分にすみません。直接お礼が言いたくてお電話しました。捜査がらみの内容ですと、手持ちの警察のノートパソコンからでは部外者の方には直接メールで返事を出すことができないものですから」

「こちらこそ、わざわざ、ご丁寧にありがとうございます」

「今回は、本当に感謝しています。今夜中に結果を出していただいたので、明日の現場検証に間に合わせることができました。本当に、助かりました」

「それは何よりです。でも、助かったのはこちらの方ですよ。田代さんのあのメールがなければ、今夜中には出せなかったと思いますよ」

「あのメールというと?」

「例の、ゴミ箱に捨てられた鋼管の両端部分の切り端の寸法を送ってくれたあのメールですよ」

「そんなものは、僕は送っては――」

田代は驚いて言葉を発したが、途中で止めた。

「すみません。今、聞き取れませんでしたが」

大岡が訊き返してきた。

「ああ、すみませんでした。とにかく、助かりました。ありがとうございました」

田代は、手短に礼を言うと電話を切った。

そして、呟いた。

「あの男だ」

自分と同じ捜査の感性を持つ男。自分と同じ匂いを持つ男。即ち、あのパナマ帽の男だ。あの男の仕業に違いなかった。

「だが、なぜなんだ？」

もう一度呟いて、長髪を掻き上げた。

それから、ベッドに横になった。さすがの田代も疲れていた。彼の体はいくらかの休養を要求していた。

まどろむ意識の中で、なぜか、亡くなった母親のことを思い出していた。正確に言うと、亡くなったと幼少の頃から父親にそう言い聞かされてきただけで、実際には、亡くなってはいないはずだ。ただ、その行方は定かではなかった。

母親の匂いが恋しかった。田代は知らず胸のペンダントを握りしめていた。

そして、そのまま眠りについた。

第三の現場

翌日の午前十時頃――。

梅雨の名残りだろうか、その日は朝から小雨が降っていた。

田代と及川は、すでに東富士演習場近くの佐々木健吾の殺害現場に入っていた。滋賀県米原市内のビジネスホテルから直行したのだ。松村の方は、昨日堀内銃砲店で採取した指紋を持って、そのまま御殿場署に戻っていた。急いでそれらの照合作業をするためだった。

佐々木が埋められていた周辺と、高所作業車が停車していた周辺は、しっかりと保全されていた。ただし、高所作業車が停車していた場所には同じ高所作業車が再び置かれていた。科捜研から御殿場に戻されたのだ。すべて、田代の指示だった。それには、当時と寸分狂わない状態で置くようにとの注文がついていた。

それは、松村以外の署の鑑識員たちが準備してくれていた。

他に、やはり田代の指示で、地元の測量会社の作業員が数名呼ばれていた。

田代のタブレットを囲むように作業員たちが輪を作り、入念な打ち合わせが行われた。

各人はスマートフォンを取り出し、各々に同じ測量のアプリを共有した。光波を使った測量とGPSの位置確認を組み合わせた極めて精度の高い測定方法だった。

田代との打ち合わせが終わると、作業員たちに無線機が配られた。そして、一名を除いて作業員たちは測量の器具を抱えて森林の中へ入っていった。しばらくすると、残った一名が雨に濡れないようにビニールシートで養生した測量器具とともに高所作業車の作業台に乗り込んだ。そして、作業台が上昇し始めた。

その間、及川はその一連の作業を見守るだけだった。田代には、『第三の現場を探すための作業だ』とだけ聞かされていた。

三十分ほど経つと、皆の無線機のやり取りが活発になってきた。

さらに、三十分後、田代は自分のタブレットの地図にタッチペンで丸印を書いて頷いた。

「お待たせしました」

ようやく、田代から及川に声がかかった。

「移動しましょう」

及川と鑑識官たちは、タブレットを見ながら森林帯に入っていく田代の後について行った。

四十分ほど森林帯の中を歩くと、開けた平地があった。

高所作業車のある場所から、三キロ以上離れた場所である。

「ここです」

手にしたタブレットを確認しながら田代が言った。

「ここが、田代室長がさっきおっしゃっていた『第三の現場』ですか?」

「ええ、僕の仮説が正しければ、そうなるはずです。それを証明するためには、皆でこの付近一帯を調べなくてはなりませんが」

「わかりました。それで、どんなことを調べるのですか?」

「基本的には、あの高所作業車から撃ち出されたライフル弾を見つける作業です。例のあの薬きょうから打ち出された弾丸です」

「ええっ、ライフル弾って、こんなに遠くまで飛ぶものなのですか?」

「気象条件などにもよりますが、通常では難しいでしょうね。仮に、飛ばすだけなら可能であっても、何かを狙うということになれば、ほとんど不可能です」

「ただし、堀内さんが造ったあの薬きょうのサイズから考えると、可能性があるということですね?」

「その通りです!」

田代は、大岡吉道が導き出したその数字に絶対の信頼を持っていた。

その数字とは、三・二〇七キロだ。

「まあ、正直なところ、弾丸を見つけ出すのは大変だと思います。でも、他の何かだけでも見つかればいいと思っています。測量作業の方たちも、もうすぐここに集まって来て手助けをしてくれますから、皆で力を合わせて探しましょう」

「わかりました！」

発見された娘

同じ頃——。

山梨県富士河口湖町、日赤病院——。

鈴木翔英は、病室のベッドで眠る堀内真里華の寝顔を複雑な心境で眺めていた。

こうして無事に生還してくれたことは、何にも増して嬉しかった。彼女自身はもっと嬉しいだろう。死ぬほどの恐怖感と緊張感からやっと解放され、平穏な日常に戻ることができたのだ。だが、本来ここにいて、一緒に無事を喜びあえるはずの彼女の父親の姿はない。彼女が目覚めた時に、その理由を伝えなければならないのだ。再び彼女を悲しみの底に突き落とさなければならないのだ。

工藤瑞穂が父親の所在を調べてくれた過程で、その事実を知ることになってしまった。地元の警察の説明によると、自殺だという。すでに、葬式も済ませてしまったとも聞いた。よりによって、何でこのタイミングでなのか、と翔英は頭を抱えた。

母親や兄弟がいない真里華にとって、父親は唯一の身内だった。そして、彼女は自分の父親が日本を代表する銃職人であることを誇りにしていた。彼女がクレー射撃を始めたのもそれが理由だった。いつか父親が造った銃で日本一になって喜ばしてあげたいと、彼女はことあるごとに言っていた。父親の銃を持つのにふさわしい選手になりたい、とも言っていた。そんな父親を失ってしまったのだ。別れを告げることもできなかったのだ。

受けるショックと喪失感は、計り知れないほどの大きさだろう。

点滴を受けるために毛布から出された左手の手首に巻かれた包帯が痛々しい。それは、右手の手首にも、両方の足首にも巻かれている。監禁されていた間、ずっと縛られたままだったのだ。幸い、どこも軽い外傷だけで済んでいた。

それにしても、いったい誰が彼女にこんな仕打ちをしたのだろうか。何の目的で、こんなことをしたのだろうか。調べを始めた富士吉田警察署も、今のところ何もわかっていないと言う。彼女に直接話を訊く以外に調べようがないとの話だ。だが、担当医は、彼女の状態を考えると自然に目覚めるまで静かに寝かせておいた方がよいとの診断だった。

翔英も同感だった。犯人を追うには、早いに越したことはない。一刻も早く、彼女にこんな仕打ちをした輩を見つけ出したい。見つけ出して処罰したい。絶対に許しはしない。その気持ちは、誰よりも強かった。だが、今は彼女の心と体の回復が最優先だった。今の彼女は、何よりも睡眠を必要としているのだ。

真里華が発見されたのは、昨日の夕方だった。

場所は、河口湖の北側にある別荘エリアだ。発見者は小学生の子供だった。夏休みをその別荘で過ごすために家族で訪れたのだ。到着するなり、車を飛び出した飼い犬が、彼女が監禁されていた物置に向かって吠えだしたのだ。

真里華は、茨城県警の鈴木翔英の名前を子供の親に告げるなり意識を失い、その場に倒れ込んでしまった。二十二歳の若い体は限界を迎えていたのだ。

富士吉田署から連絡を受けて、翔英と瑞穂が日赤病院に駆け付けたのは、それから、四時間後だった。

小さな穴の意味

同じ頃――。

第三の現場では、捜索を開始してから一時間以上がたっていた。

小雨はやんで、薄曇りになっていた。

捜索にあたる皆は、雨合羽から解放されて動きが楽になった。だが、依然として、目当ての弾丸は見つかっていなかった。

鑑識員の一人が、地面に小さな穴があることに気付いた。直径が五センチくらいだ。道具箱の中からコンベックスを取り出してその穴に差し込んでみた。深さは一メートルほどあった。注意して周辺を見てみると、あたりに同じ穴がいくつかあった。そこで、近くにいる同僚の鑑識員に声をかけた。

「確かに、穴だな。モグラの穴にしては小さいな」

「いや、これは人為的に造られた穴ですよ。ほら、正確に垂直に掘られていますから」

差し込んだコンベックスの状態を見せながら、声をかけた方の鑑識員が言った。

「その径だと、単管を打ち込んだ跡かもしれませんね」

発言したのは、そばで二人の会話を聞いていた測量会社の作業員だった。この場所の測量作業が終わった後、合流して捜索を手伝ってくれていた。

「ほら、工事現場でよく見かける足場に使われるやつですよ」

「あー、あれですか」

皆がその話の輪に集まってきた。

そのやり取りを聞いていた及川が、思いついたようにどこかへ電話をかけた。

彼の電話が終わると、田代が訊いた。

「どなたと話を?」

「ここで亡くなった佐々木健吾さんの会社の社長さんです。フェンスの工事をやっている会社ですから、足場などを組むこともあると思いまして、佐々木さんにそういう技能があったかどうかを訊いてみたんです」

及川の機転に喜びを隠すことなく、田代は笑顔で尋ねた。

「それで、どうでしたか？」

「もちろん、あると言われました。フェンス工事を扱う施工会社には、欠かせない技能だそうです」

「そうなると、もう少し具体的に話を伺いたいですね」

「はい、私もそう考えたので、今からこちらへ来ていただくことにしました」

「どのくらいで来ていただけますか？」

「お昼時ですので、二時間後にしました。社長さんは、佐々木さんが埋められていた場所まではすでに来ていてご存知ですので、そこで合流することにしました」

「わかりました。では、私たちもいったん戻って、ランチにするとしましょう」

言いながら田代は思った。

昨夜、松村が言っていたように、及川にはやはり、刑事としての資質がしっかりと備わっていると。

二時間後、フェンス会社の社長の小山田が約束通りに来てくれた。

小山田は、佐々木健吾が埋められていた穴に手を合わせると、田代たちと一緒に第三の現場へ移動した。

現地に着いて、件の小さな穴の状況を調べた小山田は、すぐに答えを出してくれた。

「これは、単管を組んだ跡ですね」

いかにも、経験豊富な現場上がり然とした小山田が、自信をもって答えた。

「穴の径が四センチ八ミリですから、間違いありません」

「だとすると、これは佐々木さんが組んだ可能性がありますか？」

「大いにありますね。私たちの仕事は、高いところでやるのが普通なので、小さなものはハシゴから始まって大きなものはクレーン車に至るまで、状況に応じて色々な足場を使い分けます。土台の地面の状態が不安定だったり、施工する場所の幅が車両が入れないような狭い場合は、単管を組んだ足場を使います。ですから、作業員は皆、足場を組む技能を持っています。もちろん、亡くなった佐々木もその技能を持っていました」

一同は、そろって頷いた。

「ただ、これは足場のための組み方とは少し違いますよ」

「どういうことですか？」

及川が代表して訊いた。

「こちらに並んだふたつの穴は、垂直ではなく斜めに打ち込んだ形跡があります」

小山田は、コンベックスを斜めに差し込んで実演して見せた。確かに、その二つの穴だけは他と違って垂直には入っていかない。

「しかも、すべての穴は普段よりも、もっと深く打ち込んであります」

「足場の組み方とは違うとすると、何のためだかわかりますか？」

「はい。おそらくこれは、何か板状のものを立てたまま固定するための組み方ですね。例えば、私たちの場合、工事看板なんかを立てる時にこの組み方をします。これだけ深く打ち込んであれば、多少の強風でもビクともしないでしょうね」

それを聞いた田代が、測量作業員の一人に何やら指示を出した。その作業員は慌ててタブレットを出して、何やら計算を始めた。そして、この答えを田代に報告した。単管で固定されていたものは、三・二〇七キロ先の高所作業車に対して正確に垂直に向いていた。

それを確認してから、田代は小山田に礼を言った。

「今日は、来ていただいて大変助かりました」

「こんなことで、何かお役に立てましたか？」

「はい、大いに。これから、実証していきますが、とても参考になりました。あとは、我々だけで大丈夫です。本当にありがとうございました」

「わかりました。とにかく、佐々木の無念を晴らしてやってくださいね」

「はい、必ず！」

そう宣言すると、田代は一番若い作業員に小山田の帰りの道案内を頼んだ。

「さあ、残った皆さんは、宝探しを再開しましょう！」

そして、皆を鼓舞した。

麻美の決心

五十嵐麻美は、昼休みを利用して庁舎の外へ出た。

五分ほど歩いて北側の桜田門から日比谷公園に入っていく。園内のテニスコートの脇を抜けて
ベンチが並んだ木陰の中に入る。

いくつか空いているベンチがあったが、彼女はわざわざ一人の男が座るベンチの端に腰かけた。

すぐに、バッグの中からケースに入ったUSBを取り出すと、そのままベンチの中央に置いた。

「ご指示の、あの方のタブレットの中の最新データです」

目線は正面の花壇を見たままの状態で、彼女が言った。

先に座っていた男がそれを取って自分の上着の内ポケットに入れた。白い麻のジャケットだ。

「御苦労、あとは引き続きGPS情報を逐次で流してくれ。逐次で、漏れなくだ」

受け取った男も、同じように正面を見たまま言った。

「かしこまりました。でも、今回で最後にさせていただきます」

「それは、どういう意味だね？」

「今回をもって、この仕事は辞めさせていただきます」

「それはつまり、『小鳥《ことり》』を辞めるということかね？」

「そうです。〝小鳥〟のこともそうですし、会の方とも距離を置こうと思います。もちろん、警察も辞めます」

「誰にも増してこの国を想う君が、なぜ、急にそういう気持ちになったんだい？」

「急ではありません。以前からそう思っていました。国を想う気持ちに変わりはありません。ですが、この仕事はもう嫌なのです。申し訳ありませんが、この決心は揺るぎません」

麻美は、始めて男の顔を直視してはっきりと言った。

その瞳からは、言葉通りにゆるぎない決心が見て取れた。

「原因は、あいつなんだな？　そうなんだね？」

男も彼女の方に顔を向けて訊いた。

パナマ帽のつばの奥にあるふたつの瞳には、相手に嘘をつかせない圧倒的な力がみなぎっていた。

男は、凰鳥だった。

「そうです。あの方を欺いたり、陰で何かしたりすることに耐えられないのです。もう、こんなことをするのは嫌なのです！」

麻美は、心の内を吐き出した。

「この前も、滋賀のホテルに駐車してあったあなたの車の持ち主を調べるように言われて、わからなかったと嘘をつきました。もう、あの方を欺くことに耐えられないのです。もう、無理なのです。もう、限界なのです！」

「それは、会を敵に回してもいいと思うほどの決断なのか？」

低く、しかしよく響くその声にも、相手を威圧する凄みがあった。だが、

「そう思っていただいて結構です！」

それでも、麻美はゆるぎなかった。

「あの方にこんなことを続けるくらいなら、死んだほうがましです。生きていたくありません！」

麻美は、そこまで言い切った。

しばらく、沈黙が続いた。

「会を敵に回す、というのは単なる比喩だ。気にしなくていい」

凰鳥は、再び正面を向いたまま独り言のように言った。

「依代さまも、こうなるだろうとおっしゃっていたよ」

「依代さまも？」

「ああ、いずれ、君はそうするだろうと予言されていたよ」

「そうなのですか」

「であれば、そこに俺の意見を入れる余地はない。嫌でも、受け入れるしかないということだ。しかも、君の後見人はあの茨城王だ。会の最大のスポンサー様だからな。今回のことでも、あの方には大変お世話になっている」

「申し訳ありません。今まで、依代さまや凰鳥さまにはひとかたならぬご恩を頂戴してきましたのに」

「それは言わなくていい。今まで君は充分すぎるほど会のために尽くしてくれた。依代さまにも、俺の方からうまく進言しておこう。ただし、今回の仕事だけは最後までやり抜いてくれ。それは、結果的に、あいつを助けることになるんだしな」

「わかりました。それはお約束します」

凰鳥は、パナマ帽をかぶりなおすと、立ち上がった。

そして、もう一度、麻美の顔を見据えた。

「わかったから、もうそんな怖い顔をするな。美人さんが、台無しだぞ」

その瞳からはもうあの威圧感は消え去っていた。むしろ、相手を包み込むような優しささえ感じられた。

「最後に聞かせてもらいたいんだが」

「はい」

「それは、愛情なのか?」

小さな間ののち、彼女はもう一度、凰鳥の顔を見据えた。

そして、はっきり答えた。

「はい、そうです!」

「まあ、そうだろうな」

そう言ってニヒルに笑うと、凰鳥はその場から去っていった。

脅しの材料

第三の現場での捜索は続いていた。

すっかり天気は回復し、強い日差しが照り始めていた。蝉が鳴き始めている。

田代に電話が入った。御殿場署に詰める松村からだった。堀内大輔の銃砲店で採取した指紋の照合結果が出たのだ。

「ご苦労様でした。この三日間、本当にありがとうございました」

その内容の重要性の割には、電話はすぐに終わった。その内容のすべてが、田代が睨んでいた通りだったからだ。

田代は、すぐに及川を呼んだ。

「今、松村さんから照合結果の電話をいただきました」

「そうですか。それで、何かわかりましたか?」

「睨んだとおりでした。二つの殺人事件を結ぶ証拠が、また出ましたよ」

「本当ですか? いったい、誰との指紋が照合されたのですか?」

「まず先に、及川さんに謝っておきます」

「えっ、何ですか、改まって」

　そして、謝罪の意味が明かされる。

「あなたが推察されていた通りに、ウイスキーの空瓶にも、プラスチック製の薬のボトルにも、それともちろん、写真立ての方にも、堀内さん以外の指紋、つまり犯人たちの指紋が付いていました」

「なんだ、謝るって、そんなことですか。でも、そうなると、犯人たちは室長が懸念されていたように、指紋がついていても気にしないような不敵な奴らということになってしまいますね」

「おっしゃる通りです。今後、それを頭に入れて追っていかなくてはなりません」

「ともかく、指紋が付いていて何よりです。あとは、肝心のその犯人たちの指紋が誰のものか、ということですね」

「ええ、そういうことになるわけですが、残念ながら、それが誰のものかまではわかりませんでした」

「つまり、過去に犯歴がないのですね。データベースにないということは、交通違反もしていないわけか。まあ、そうですよね。そんなにうまくいくはずがありませんよね」

　及川は、少しだけがっかりした。

「しかし、誰のものか、まではわかりませんが、何をした奴らのものなのかは判明しましたよ」

「えっ、何をした奴らですか?」

「そいつらは、堀内大輔さんを脅して特注の銃を造らせました。そのあと、堀内さんを自殺に見せかけて殺害しました。そして、さらにそのあと、佐々木健吾さんにその銃の試射をするための手伝いをさせ、そして、刃物で殺害しました」

「つまり、それは!」

「そういうことです。松村さんが持ち帰った指紋は、あの高所作業車の所々についていたものと一致しました。両事件とも、同じ奴らの仕業です。つまり、奴らのうちの一人は、例の『無感情の男』ですよ」

「そうなるのか」

及川が、うなり声をあげるように叫んだ。

驚きを受けたというよりは、むしろ、納まるべきところに納まったという表現の方が正しかった。ついに、来るべきところに来たのだというのが及川の偽らざる心境だった。

「そういえば……」

興奮から醒めた及川が尋ねた。

「残りの、写真立てのことについては、伺ってもよろしいですか?」

「ええ、もちろんです。あの時は、まだ仮説の上の仮説ということでお話しできませんでしたが、今は、その仮説のひとつが取れましたので、お話しします」

田代の説明が始まった。

「一階の工房の作業台の上にあった写真立ては、二階の寝室から持ってきたものだと思います。二階に並んでいた写真立ての間に不自然に隙間のスペースがあったのです。それは、一階にあった写真立てとちょうど同じ幅でした。そこで、僕は一階に写真立てを移したのは犯人だという仮説をたてました。それで、松村さんに指紋を取ってもらったのです。そして、その通りに、写真立てからも犯人の指紋が出てきました」

「そういうことだったのですか。でも、なぜ、犯人がそんなことをする必要があったのですか？」

「嫌な表現ですが、堀内さんにきっちりと仕事をしてもらうためです」

「つまり、作業をする堀内さんの目の前に写真立てを置いて、ちゃんと銃を造らなければ、娘の命はないぞ、という脅しに使われたということですね？」

及川は、ほぼ正解の答えを導き出した。

「さすがですね、その通りです。奥さんを亡くしている堀内さんにとって、たった一人の娘さんは、それこそ自分の命よりも大切でしょうから従わざるを得ないでしょう。とはいえ、銃の製作には数日間という長い時間がかかるわけですから、常にそのことを忘れさせないように写真を目の前に置いたのでしょう」

「何て、狡猾な奴らなんだ」

及川は怒りをあらわにした。

「しかし、その程度であればいいのですが、もっと酷いかもしれません」

「もっと酷い？」

「ええ。奴らの行動力から考えると、実際に娘さんに何かをしたのかもしれません」

「そういえば、ずっと娘さんと連絡が取れていませんね」

「そうなのです。最も効果的に脅しをかけるなら、実際に娘さんをさらうでしょう。どこかに監禁しているということも考えられます」

「それで、娘さんを縛った写真かなんかをメールで堀内さんに送ればいいわけだ。それを見せられたら、従わない親はいないでしょうね」

　及川はくやしそうに言った。

「そういうことです。そこまで、やりかねない奴らです」

「田代室長、まさか、奴らは娘さんにも手をかけた？」

「ええ。考えたくはありませんが、その可能性も大いにあります。しかし、そうやって写真さえ見せればそれで充分に目的を果たせているわけですから、生存の可能性も大いにあると思います。少なくとも、堀内さんの作業が終わるまでは生かしておいた方がいいでしょうし。それに、殺すのは簡単でも、死体を始末するのはやっかいですからね。そう考えると、そのまま放置しておけばいいような場所に監禁しているのかもしれません」

「そうなると、急いで堀内さんの娘さんの所在を確認しなくてはなりませんね。娘さんはどこに住んでいらっしゃるのか。所管の警察に連絡しなくては」

「お住まいは、千葉県の柏市です。すでに、五十嵐君に頼んで各方面へ連絡を入れてもらいました」

「ああ、例の優秀な部下の五十嵐さんですね。さすがは、田代室長です。娘さんが、見つかるといいですね」

「ええ、無事にいてくれることを祈りましょう」

二人がそう案じていた時、捜索中の鑑識官の一人が例の小さな穴の付近に何か光るものを見つけた。

完全に復活した強い夏の陽の光を反射して、キラキラと輝いている。ひとつではなくいくつもある。

「何か、ありました！」

それを拾ったその鑑識官が大きな声をあげた。

田代たちがそこに集まった。

「捜索開始当初は、小雨混じりで気づかなかったのですが」

鑑識官が、手のひらの上のいくつかのものを差し出して見せた。

「何かのガラス片ですかね？」

大きさが不揃いの小さなガラスのかけらだった。

「まだ、いくつか落ちています」

その辺りを探し始めた別の鑑識官が声をかけてきた。

それを見ていた田代が、最初に拾った鑑識官に指示を出した。

「どなたか、これを調布市にある科学捜査研究所の廣瀬さんのところへ届けてください。場所は松村さんがご存知です。急ぎでお願いします」

「でしたら、私がこれから届けてきます。科捜研の場所は研修で行ったことがありますので知っていますから」

拾った本人が、快諾した。

「助かります。よろしくお願いします」

田代の携帯が再び鳴った。

今度は、五十嵐麻美からだった。

「そうか、それは良かった。うん、よろしく頼む」

田代は、話の内容の割には、彼女のその声に心なしかいつものような明るさがないのが少し気になった。だが、及川にその内容を早く伝えなくてはならないので、すぐに電話を切った。

「嬉しい知らせですよ、及川さん。堀内さんの娘さんが発見されましたよ」

「それは良かった。嬉しいというからには、生きているということですよね？」

念のために、及川が確認する。

「ええ、ご無事です」

「いったい、娘さんはこの数日間、どうしていたのですか？」

「それなのですが、やはり、監禁されていました」

「何ですって？　どこに監禁されていたのですか？」

「河口湖にあるどなたかの別荘です。詳細はこれから入電してきます」

「河口湖といったら、ここからそう離れていませんね」

「今は、その別荘の近くの病院にいるようです。もうすぐ場所の連絡が入ってきますから、すぐに行ってみましょう」

「はいっ！」

二つの幸運と二つの不幸

山梨県富士河口湖町、日赤病院――。

その病院へは、御殿場の現場から一時間少々で着いた。

二人は、入院患者用のナースセンターへ行って、面会の手続きを行った。時間外の入室なので、警察の関係者だという身分を明かさなくてはならなかった。

堀内真里華は昏睡状態だと言う。彼女の睡眠を妨げてはならないので、どうしても話をしなければならない時は事前に担当医の許可をもらってくれとの指示を受けた。また、病室には田代たちと同じ警察の人間が二名付き添っているとも聞いた。

「付き添っているのは、おそらく管轄の富士吉田署の人たちでしょうね。この一連の話をどこまで話していいのでしょうか？」

病院の廊下を歩きながら、及川が田代の指示を仰いだ。

「そうですね。まだ、すべてをお話しするのは避けたいところですね」

「では、こうしましょう。細かい説明は県警本部長同士の了解を取ってからになる、ということで押し切りましょう」

「それは、名案ですね。その手で行きましょう」

二人の間には、知らずチームワークのような意思の疎通が生まれていた。及川は、当然のように他県警への配慮よりも、田代との捜査を最優先していた。

だが、病室に付き添っていた警察関係の人間は、山梨県警ではなく茨城県警だった。

ドアを開けて、中にいる人間を見た田代は驚いた。

「翔英君じゃないか！」

「田代室長！」

驚いたのは、鈴木翔英も同じだった。

「二人とも、お静かにっ」

翔英と一緒に堀内真里華に付き添っていた工藤瑞穂が、焦ったように人差し指を口元に当てて、驚き合っている二人を嗜めた。

そして、そのまま全員を部屋の外に押し出した。

瑞穂は、廊下を歩いて皆を先導していった。

フロアの角にある談話コーナーに連れて行く。

「失礼しました。ここなら声を出してお話ができます」

そう言うなり、瑞穂は笑顔で挨拶をした。

「田代室長、ご無沙汰してます」

「瑞穂ちゃん、しばらくです。お父さんはお元気ですか？」

「はい、相変わらずです。今頃は、オーストリアあたりで鉄砲遊びに興じています」

「そういえば、最近の辰夫さんは日本が暑くなると、涼しいそっちの方へ行ってハンティングをしていますからね」

「そうなんです。知事を辞めてからは、そうやって遊んでばかりです」

瑞穂と田代は笑い合った。

二人は、ごく近い顔見知りだった。田代と瑞穂の父親の工藤辰夫とは古い付き合いだったからだ。

「ところで、翔英君。茨城県警の君たちが、何でまたここに？」

「はい、たまたま堀内さんとは知り合いだったものですから」

「知り合いのレベルどころではありませんよ」

瑞穂が口を挟んだ。

「堀内さんは、翔英君のガールフレンドなんですよ」

「それは知らなかった」

「いや、それは、まあ」

煮え切らない翔英のその態度が、正解だと認めていた。

及川一人が、その家族的な雰囲気から取り残されてしまっていた。

「あの、ご挨拶を」

「ああ、そうでした。この方は、御殿場署の及川刑事です。この数日間、僕と一緒に動いているんだ」

田代が及川を紹介し、翔英たちも自己紹介をした。

「先ほどのお話の中で、工藤辰夫さんという名前が出ていましたが、工藤巡査長殿のお父上は、まさか、あの茨城王の？」

「ええ。まあ、世間ではそう呼ばれていますね」

驚きの中で、及川は茨城にＭＪ社を中心とした一大人脈があることを知った。

紹介のあと、翔英たちがこれまでのいきさつを説明し始めた。

堀内真里華が監禁されていたのは、一般人の別荘だった。普段はほとんど使われていないが、たまたま子供の夏休みに入って家族で訪れたのだった。

「普段はいない持ち主が、予想外に早く訪れたことが犯人たちの思惑違いだったわけですね。そう考えると、堀内さんはとても幸運だったということですね」

説明を訊きながら、及川が相槌を打った。

「そうですね。そして、もうひとつ彼女が幸運だったのは、監禁された物置の中にスポーツドリンク水がたくさんあったことです。その家族は夏休みに来ることが多いので、暑さ対策のために買い置きをしてあったそうです。そのおかげで、彼女は生命を保つことができたんです」

翔英は噛みしめるように言い添えた。

説明が一段落したところで、田代が訊いた。

「翔英君。地元の警察は、犯人について何かつかんでいますか？」

「いいえ、今のところは、まったく。僕が疑われているくらいですから」

「まあ、それは、捜査のイロハでしょうから、仕方がありませんね」

田代が同情した。

「わかっています。その程度のことはどうでもいいんです」

翔英は、何かを思い出したように辛い表情になった。

「二つの幸運が、彼女を死に至るかもしれなかった監禁という不幸から救ったのは確かです。でも、まだ彼女には、もう一つの大きな不幸が待ち受けているんです。彼女が回復したら、僕はそれを話さなければならないんです」

「お父様が亡くなられたことですね？」

「はい、そうです。よりによって、なんでこんなタイミングで自殺なんか」

翔英は、やり場のない憤りを隠せなかった。

それを聞いた田代と及川が顔を見合わせた。

そして、田代はそれを明かした。

「翔英君。これから話すことはまだ内密だ。落ち着いて聞いてほしい。堀内さんのお父様が亡くなられたのは、本当は自殺ではない。他殺なのだ」

「ええっ！」翔英と、瑞穂が揃って声を上げた。

田代は、この数日間の話を丁寧に説明した。

「それで、彼女が狙われたんですか」

田代は、黙ったまま頷いた。

「僕も捜査に加わって、その『無感情の男』とやらを捕まえたいところですが、今は彼女のそばにいなくてはなりません」

「そうだ。それでいいんだ、翔英君。今の君がやるべきことは、それだよ。こうなってしまった今は、彼女の一番近いところにいる人間は君しかいないのだから、君が彼女の支えになってあげるんだ。あとのことは、僕と及川さんに任せておけ」

「わかりました」

四人は、談話室を出た。

「じゃあ、僕と及川さんは御殿場駅に向かうので、今日はこれで失礼するよ」

「了解です。必ず、奴らを捕まえてください」

「うん、全力を尽くすよ」

田代がその場から離れようとすると、翔英が声をかけた。

「田代室長！」

「何だい？」

「室長も、そろそろ五十嵐さんと」

「うん、わかっている。そのつもりだ」

田代は、素直に笑顔で返した。

もはや、それを否定することはしなかった。田代の気持ちは、そこまで固まっていた。

病院のロビーまでくると、田代は一本の電話を入れた。

相手は、ＭＪ社のオーナーの三上恵造だった。

「田代君、久しぶりだね」

「恵造さん、お忙しいところ申し訳ありません」

鈴木翔英にとって田代が実の兄のような存在であれば、田代にとっての三上恵造がそれにあたっていた。

「ああ、いよいよ明日だよ。ここまで来てしまえば、あとはもう成り行き次第だ。寝て待つだけだよ。で、何か用事かい?」

「はい。おたくの大岡さんを捜査に一日ほどお借りしたいのです。詳しくは申し上げられませんが」

「わかった。自由にしてもらっていいよ」

「ありがとうございます」

三上との電話を終えて、田代は車に乗り込んだ。

最悪の想定

及川が運転する車は、御殿場駅に向かって走り始めた。

助手席の田代は、すぐに大岡吉道に電話をかけた。

大岡が電話に出ると、田代はある施設の実施設計図の入手を頼んだ。

一般人では手に入らない詳細な設計図だが、かつて、日本を代表する設計事務所に在籍し、東京スカイツリーの設計で中心的な役割を担ったことがあるほどの彼の人脈なら、入手できると思ったのだ。

「たぶん、手に入りますよ」

彼は二つ返事で引き受けてくれた。田代の声色ひとつで迅速に対応してくれる。

一時間ほどのち、ちょうど田代たちが小田急線の御殿場駅の前に着いた頃、大岡から折り返しの電話が入った。

実施設計図のデータが手に入ったとのことだった。

田代は、まず、そのうちの何ヶ所かの図面を自分と科学捜査研究所の廣瀬の所へ送るように頼んだ。

それから、その図面を使ったもうひとつの依頼事をした。

「何ですって?」

その依頼内容を聞いた大岡が、珍しく絶句した。

「驚かれるのも無理はありませんが、それが、今回の一連の事件から想定される最悪のケースなのです」

「これが、現実のことになれば、とんでもないことに」

「ええ。そうならないことを祈るばかりです」

「昨日の作業は、これに繋がっていくということですか?」

「そういうことです。あなたには、心ならずも連日で協力していただくことになってしまいました。しかし、その可能性があるとわかった以上は、とにかく、準備をしなければなりません。そして、それができるのは、大岡さん、あなたしかいないのです」

「とにかく、やるだけのことはやってみましょう」

「必要なものは、すべて五十嵐君に準備させます。遠慮なく、何でも彼女に要求してください」

「わかりました。すぐに連絡を取って、準備にかかります」

「それから、都内は車の規制が始まっていますので、電車での移動になってしまいますが、よろしくお願いします」

「わかりました！」

運転席で二人のやり取りを聞いていた及川は、その電話が終わり次第、恐る恐る田代に訊いた。

「隣で伺っていると、何か、とんでもない話のようですが」

田代と大岡の会話の中に登場したいくつかの単語を組み合わせると、信じられない仮説が浮かび上がってきていた。

そして、その説明を田代から受けた及川は、御殿場の市内中に響くような大きな驚きの声をあげていた。

第六章　兄と弟

やって来た依代

東京都千代田区、帝国ホテル――。

インペリアルスイートの大きな両開きの入口の前には、二人のダークスーツ姿の男たちがそれを塞ぐように仁王立ちしていた。耳には交信用のヘッドセットを付けている。

スイートフロア専用のエレベーターを降りて、凰鳥がやってきた。

男たちはそれを部屋の中の人間に伝え、大きな扉を左右に開いて一礼する。凰鳥は、小さく手を挙げてそれに応えながら中に入った。

目の前に真島が立っていた。いつもながらに、仕立ての良いスーツ姿で直立不動の姿勢だ。

凰鳥に一礼すると、両手を差し出した。

「帽子は、ここでお預かりします」

凰鳥は、被っていたパナマ帽を頭から外すと、真島に渡した。

部屋の居間にいる彼女は、ソファの上でも背筋を伸ばして座り、凛とした輝きを放っていた。

凰鳥が、深く一礼した。

「最近は、モニターを通してばかりでしたから、こうやって直接顔を合わすのは久しぶりですね」

依代は、右手を差し出して凰鳥を対面のソファに招いた。

「まさか、上京までされるとは。依代さまが、そこまでオリンピックがお好きとは存じませんでした」

凰鳥が、得意のニヒルな笑みを浮かべて言った。

「凰鳥、くだらない冗談を言っている状況ではありませんよ」

依代が、それをピシャリと叱った。

「申し訳ありませんでした」

言いながら、彼は隣に座った真島に助けを求めるような目線を送った。

強面を地で行くような凰鳥をここまで叱れる人間は、依代以外にはいないことを真島は知っていた。

「今回、わざわざ上京されたのは、例の薬きょう絡みの件ですね？」

凰鳥が、今度は襟を正して真剣な面持ちで訊いた。

「もちろんです。それだけ今回の〝憂い〟は強いのです。尖閣以来の強さ、です。いえ、それ以上かもしれません。国友の神宮衛士の件は残念でしたが、今はそれどころではありません」

「おっしゃる通りです。一連の流れを考えると、もはやこれは我々の衛士の死亡事件の域を遥かに超えてきています」

「その後、田代水丸の方はどうですか？」

「今も、〝鳥〟たちにピッタリとマークさせています。あいつの行動も、情報もすべて漏れなくです」

「一瞬も気を抜かぬようにしてください。あなたが言うように、もはや、そういう状況に入ってきています。くれぐれも、気を緩めぬように」

「わかっています。我々の方で、できることはすべてやっています。それなりに、助けにはなっていると思います。あとは、あいつが、どこまで追い切れるかにかかっています。文字通り、時間との勝負です」

「今回も、結局は、田代水丸頼みになってしまいましたね」

「ええ。あいつの嗅覚には、いつもながら感服しています」

凰鳥は、渋々とそれを認めた。

「あなたにその素養が伝わっていれば、わざわざあの子を巻き込まなくても済んでいるのですけどね」

「生まれついてのものですから、仕方がありません。あいつには依代さまの遺伝子が濃く受け継がれましたが、私は、父親の方の遺伝子が強かったようですから」

凰鳥は、真剣な面持ちで続けた。

「ともかく、私は局の方に戻ります。こうしているうちにもまた状況の進展があるかもしれません。念のために、全国の〝鳥〟たちに集合をかけていますので」

「わかりました。よろしくお願いしますよ。いろいろ小言を言いましたが、それも、あなたを信頼している上でのことですからね」

依代が、この日初めて笑顔を見せた。深い愛情に満ちた笑顔だった。

「わかっています！」

凰鳥も、それに応えた。

「そういえば――」

真島から帽子を受け取って部屋を出ようとした凰鳥が、振り向いて言った。

「桜田門の〝小鳥〟が、今回の件が片付き次第、退会をしたいと申し出ました」

「彼女が。そうですか、それは残念ですね。もう少し、あの子の元に置いておきたかったのですが、やはりそうなりましたか」

「でも、案じることはないかもしれませんよ」

「なぜ、そう思うのですか？」

「彼女は、相当あいつに惚れ込んでいるようですし、あいつの方もまんざらではなさそうですから」

「そうなると感じていたから、私が選んであの子に一番近い場所に置いたのです。一番優秀な彼女を、一生〝小鳥〟で終わらせる気はありませんよ」

試射の正体

朝――。

田代水丸の携帯が鳴った。

科学捜査研究所の廣瀬からだった。

「やはり、そうでしたか」

再び、徹夜作業で調べてもらったその報告を聞いた田代は落胆した様子で答えた。それが、もっとも悪いケースで想定していた結果だったたからだ。

「そのガラスは、きのう大岡さんがそちらに送った設計図のと同じレベルのスペックですか?」

田代は最後の確認を行った。

「そうなりましたか。わかりました」

田代は、丁重に礼を言ってから電話を切ると、しばらく考え込んだ。

自分の頭の中にある考えをまとめた。そして、導き出された結論の再確認をした。

それから、ゆっくりと長い髪を前から後ろへ掻き上げた。

そして、意を決したように電話を手にした。

「大岡さん。今、どちらですか？」

「田代さんのご指示通り、警視庁の庁舎の中で待機しています」

「ありがとうございます。五十嵐君はそばにいますか？」

「はい、すでに僕の隣で待機しています」

「では、これから二つの作業をお願いしますので、五十嵐君と協力して答え探しを始めてください。もちろん、大至急です。一刻を争います」

大岡への指示の説明を終えると、今度は及川にかけなおした。

「朝早くにすみません。そちらの様子はいかがですか？」

及川には、富士吉田の病院に待機してもらっていた。

堀内真里華が意識を取り戻し次第、彼女を襲った二人の男の面通しをしてもらうためだった。例の『無感情の男』のモンタージュ写真での確認作業だった。彼女は依然として目覚めていなかった。

「そうですか、では引き続きそちらで待機をお願いします」

そして、廣瀬の話を告げる。

「さっき、科捜研から連絡が入って、あのガラス片の正体がわかりましたので、一応、あなただけには伝えておきます」

「何でしたか？」

「防弾ガラスでした。しかも、高性能の。奴らは、それを射抜く練習を御殿場の現場でしていたのです！」

「例の、一番悪いケース！」

電話口の及川が絶句した。

及川は、今回の一連の事件から想定される最悪のケースを、昨日の御殿場駅前の車中で田代から聞かされていた。

「考えたくはありませんが、導き出される答えは、もはや、それひとつしかありません」

目の前のパソコンに映った国立競技場の設計図を見ながら、田代は断言した。

朝の彷徨

バックパックにタブレットを入れると、田代は自宅マンションを出た。

目の前は、渋谷区東四丁目の交差点だ。

そこで軽い屈伸運動をする。

オリンピックの警備のために配置された警察官が、こちらを見ていた。手には長い警棒を持っている。しかし、田代がすぐ前のマンションから出てきたのを確認しているので職務質問のために声をかけてくることはない。

車は使えない。この少し先から都心に向かって、完全に道路封鎖されているからだ。生半可な封鎖ではない。主だった道路の入口には、重量のある障害物を配備する完全な封鎖だ。たとえ、警察関係の車両であっても、登録したものでなければそのエリアに立ち入ることはできないのだ。バイクはもちろんのこと、自転車でも駄目だ。

唯一、幸運だったとすれば、田代がここに住んでいたということだった。地元住民だけは、街角に配置されている警官に呼び止められることはあったとしても、往来は許されている。

田代はタブレットを取り出すと、五十嵐麻美に電話を入れた。

「外に出て、歩き始めた」

「了解、確認しました。そのまま東に進んでください」

警視庁の本庁舎の一室では、麻美と大岡吉道が懸命の作業に没頭していた。

大岡の目の前には、三台の大型液晶モニターが置かれていた。

一台には計算式の数字が並び、もう一台には３Ｄ映像化された建物群が映し出され、さらにもう一台には都心の平面地図が映っていた。

平面地図には、国立競技場のメインスタンドの観覧席を中心点にして東半分側に赤い半円が記されていた。その半径は、三・二〇七キロだった。

田代は、麻美の指示通りに歩きながら、時計に目をやった。

「五十嵐君、状況は？」

「候補を二つ潰しました。二つとも、該当しません。そのまま外苑西通りを突っ切って、六本木方面に向かってください」

「了解。候補はあといくつある？」

「あと三つです。三つとも、六本木の南西方面です」

「わかった」

田代は、小走りで東北東に向かった。

その範囲は、確実に絞られつつあった。あとは、時間との勝負だった。

走りながら、腕時計を見る。

時計の針は、綺麗な直角を作っていた。ちょうど、午前九時だ。

途中、麻美の指示を受けながら走る方向を補正していく。小走りとはいえ一〇分も経過すると、さすがに息が上がってくる。

田代は、狙撃可能エリアに入っていた。

敵は、必ずこの界隈に潜んでいる。

息を殺して、潜んでいる。

田代は、思わず、胸のペンダントを握りしめていた。

六本木ヒルズの裏辺りに着いた頃、麻美の方から連絡が入った。

「室長、有力なビルが見つかりました」

「どの辺りだ？」

「ヒルズを裏から抜けて六丁目に入ってください。今、大岡さんが精査しています」

「わかった。精査を急いでくれ！」

大岡は、最後の計算に入っていた。

国立競技場の貴賓席は地上高が二三・五メートル。それに御殿場で使われた高所作業車の一二メートルと海抜の高低差を加える。その高さだと、ちょうど競技場のスタンドと屋根の付け根の間にある隙間を斜め下に向かって通すことができる。その部分は柱だけで、壁がまったくない構造なのだ。競技場は建物の全周がそういうデザインになっていた。そこから途中に障害物のない直線で三・二〇七キロ先が、狙撃ポイントということになる。それに該当する建物は五か所あった。すでに、そのうちの四か所は除外され、残りのひとつを精査しているのだ。

六本木六丁目界隈に入ると、田代は走っていた。

六本木の交差点から西南に一五〇メートルほど入ったあたりだった。

麻美から連絡が入った。

「室長、特定しました。六本木セントラルビル。その道を左に曲がって四〇メートル行った右側。

築年数がかなりたっている灰色の一五階建てのビルです！」

「左に曲がって、確認した！」

目的の建物を発見した田代は、歩く速度に落としていった。呼吸を整えるためだ。

「五十嵐君、本当に、あの灰色のビルで間違いないか？」

指示されたビルは、もう目の前だった。

「大岡さん！」

田代の念のための問いに、麻美は隣の大岡の顔を見て再確認した。

大岡は、ゆっくりと頷いて返した。

「間違いありません。すべての条件にあてはまるのは、そのビル以外ありません」

麻美は、断言した。

「わかった。何階だ？」

「一四階の北側の部屋です。民間のビルですから、今日は祝日で誰もいないはずです」

「よし、ありがとう！」

「何だい？」

「あの室長」

「応援の要請をしませんと」

「いや、開会式までもう一時間を切っている。宗方さんに連絡を取ってもいたずらに現場を混乱させるだけだ。僕一人で乗り込む」

「えっ、一人って、及川刑事はご一緒では？」

「彼は置いてきた。これ以上、彼を巻き込みたくないんだ。僕一人でやる」

危険な状況になるかもしれないと考えた田代は、及川を地元に残してきた。そのことは、麻美にはあえて伏せていた。

「及川刑事がいないとなると、室長は何か武器を携帯しているのですか？」

「いや」

「いや、って、どういうことですか？」

「持っていない」

「そ、そんな。相手には少なくともライフル銃があるんですよ。大型の刃物も持っていますよね。そう言っていましたよね？」

「わかっている」

「しかも、今回の相手は、ためらいなく人を殺せる奴らだと言っていたじゃないですか！」

「まあ、そう言ったかもしれないね」

「そんな呑気な、今から応援を要請しますから！」

麻美は強く進言した。

「ダメだ。僕たちのこの行動は、すべて僕の〝推測〟の上でのことだ。もし、違っていたら、宗方さんに大きな傷をつけてしまう」

「何を言っているんですか。宗方さんの立場より、ご自分の身のことを考えてください。それに、あなたの〝推測〟は、今まで一度も外れたことがないじゃないですか。応援を要請します！」

「ダメだ、五十嵐君。絶対に、ダメだ！」

「では、行かないでください！」

麻美は叫んでいた。

「もう、建物の中に入ってしまったよ」

幸い施錠はされておらず、玄関のガラス扉を割らずにすんでいた。

「五十嵐君。こんな時に何だけど、もし、これが無事に済んだら、君に話したいことがある」

戦闘モードに入り語気を荒げていた田代が、急に、いつもの柔らかい物腰に戻った。

「えっ、な、何のことですか？」

麻美は、一瞬、うろたえた。

「プライベートな話だ」

田代の声は優しかった。

すでに、覚悟を決めた者の穏やかな声だった。

「今、聞かせてください。応援を待っている間に！」

「いや、エレベーターに乗るから、電話はここまでにする。僕から結果の連絡が入らなかったらその時は、宗方さんへ連絡してくれ。競技場の貴賓室には誰も入れないように手配してもらうんだ。わかったね?」

「そんなことを言わないでください!」

「それじゃ、行ってくる」

「だめです、行かないでください!」

麻美が大声で哀願した。

「行かないでーっ!」

絞り出すような悲痛の叫びだった。

だが、電話は、無情にもそこで切れた。

麻美は力尽きたように、机に顔を伏せた。

横でその一部始終を見ていた大岡は、かける言葉を失っていた。伏せた彼女の両肩が小刻みに震えていた。明らかに彼女は泣いていた。それは、まさに、戦場に愛する男を送り出す時の女性の姿だと思った。

決死の突入

一四階に着いた。

エレベーターを降りた田代水丸は、脇に配備してあった消火器を手にする。持ってきたハンマーよりは、その方が有効そうだった。

北側の部屋のドアの前に立つ。

古いビルなので、ドアノブは旧式の丸型のものだった。そっと、回してみるが、鍵がかかっていた。

意を決して、手にしていた消火器をそのドアノブに打ち下ろす。

一回、また一回。

ガン、ガンと物凄い音が通路中に響く。

ノブが破壊されたのを見るや否や、田代は迷わず中に突入した。

クレー射撃で培った田代の動体視力は、三秒間で室内の状況を把握する。北側の窓の前にはライフル銃がセットされていた。見たこともない長さだ。

男が二人、田代に向かってきていた。

一人の手には大型のナイフが握られていた。地味なアロハシャツを着た目鼻立ちの薄い、のっぺりとした無感情な顔だちの男だ。

例の『無感情の男』だ。

一太刀目をよけながら一本背負いをみまわせる。相手は勢いのまま床にたたきつけられた。目前に迫ったもう一人の男のパンチを下にかがんでやり過ごすと、そのままタックルを喰らわせて反対側にすっ飛ばす。だが、有効なダメージにはいたらない。すぐに立ち上がって走り寄るもう一人の男の蹴りが田代の頭を狙う。かろうじてこれをかわしたが、間を入れずに放たれた二発目の蹴りが田代の脇腹にヒットした。

よろけたところに無感情の男の大型ナイフが突きつけられる。それは、問答無用で田代の胸部に突き刺さった。うずくまる田代の白いシャツから鮮血が滲み出た。

無感情の男は、口元をニヤリと歪ませながら大型ナイフを持ち直し、田代に向けて大きく振りかざした。

その時、パン、パン、パンと、立て続けに銃声が響いた。

無感情の男が大型ナイフをポロリと落とし、のけ反るように崩れ落ちた。

もう一人の男も、太腿を撃たれてその場に倒れ込んだ。二人とも、床の上でもがきながら呻き声をあげている。

ドアを背にして五人の男が横に広がって立っていた。

いずれもダークスーツ姿の鍛えられた体格の男たちだ。そのうちの三人が拳銃でその場を制圧し、残りの二人が、倒された男たちに手錠をかけた。手際が良かった。訓練された者でなければできない無駄のない動きだった。

「ギリギリ間に合ったか」

そう言って、最後の一人が部屋に入ってきた。

パナマ帽をかぶった男だ。

凰鳥だ。

「こいつらを、例の場所に」

彼は、部下たちに倒した男たちを運び出すように命じた。

田代は、その低く響くような独特の声に聞き覚えがあった。

「久しぶりだな、水丸！」

そう言って、凰鳥は帽子を上にずらして、顔を見せた。

「火王丸《ひおうまる》兄さんっ！」

田代の実の兄の火王丸だった。

「出血しているが、大丈夫か？」

田代の胸の部分に血が滲んでいた。

凰鳥に言われて、田代は始めて自分のその状態に気づいた。

「大丈夫だ。ほんのかすり傷だよ」

言いながら田代はシャツのボタンを外してみた。

確かに、傷は浅かった。

大型ナイフに刺された部分には、ちょうど首からかけた丸いペンダントが重なっていた。ナイフはペンダントで止められ、鳥居の模様のわずかな隙間から少しだけ刃先が入ったのだった。

「ひょっとして、それはお袋の?」

凰鳥が訊いた。

「ああ、そうだ。母さんからもらったペンダントだよ。いい歳になっても肌身離さず付けているんだ」

「つまり、お袋に命を救われたってわけか」

「そういうことになるかもな」

田代は、突入前に握っていたこのペンダントを通して、母の声を聞いたことを思い出していた。その時、彼女は、必ず生き延びろ、と語りかけてきていた。

「おまえは、いくつになっても母親の愛情に守られているってことか。お袋はいつも、おまえばかりを可愛がっていやがる」

そう言って、凰鳥はニヒルに笑った。

「兄さんに訊きたいことが山ほどあるが、その前に電話を一本だけかけさせてくれ」

「ああ、かまわないよ」

田代は、急いで麻美に電話を入れた。

この結果を電話の前でただ待つだけの彼女にとって、今の一秒、一秒が死ぬほどの苦痛なはずだった。

「何とか、制圧した。うん、無事だよ」

電話口で、麻美が泣いているのがわかった。

「心配かけてすまなかった。大岡さんにも礼を言ってくれ。あとでまたかけなおすから」

凰鳥は、その様子を優しい眼差しで見守っていた。

弟は、自分の体の傷や今のこの異常な状況の真相の究明よりも先に、彼女への連絡を選んでいた。

犯行の狙い

田代は、バックパックから小さ目のタオルとガムテープを取り出した。

タオルを胸の傷口にあてがうと、ガムテープでしっかりと固定した。

「随分と、用意がいいな」

凰鳥が、感心したように言った。

「タオルはいつも持ち歩いている汗ふき用で、ガムテープは奴らを捕らえた時の拘束用に自宅から持ってきたんだ。手錠代わりだよ」

「他には何を持ってきたんだ？」

「あとは、ハンマーくらいかな」

「おいおい。おまえは、銃も持たずに奴らとやり合うつもりだったのか？」

「たまたま、調達している時間がなかったんだ」

「そんな、呑気な」

凰鳥は、呆れた様子で言った。

「まったく、よくも丸腰であんな奴らを相手にしようとしたもんだ。俺だったら絶対にやらないね」

「兄さんは、奴らの正体を知っているのか？」

「ああ、知っているとも。知りすぎるくらいにな」

「教えてくれ。奴らは、いったい何者なんだ？」

凰鳥は、ひと呼吸おいてから真剣な眼差しで答えた。

「奴らは、『八頭蛇《パー・トウ・シェア》』の一味だ」

「八頭蛇……、始めて聞く名だな」

「まあ、そうだろうな。極秘任務を専門に請負っている組織だからな。警察関係者の間でもほとんどその存在は知られていないはずだ。一般的なテロ組織のように、犯行後に犯行声明を出すこともないからな」

「最近よく登場する民間の軍事会社のようなものか」

「顧客は国レベルだから、そういう意味ではそれに近いな。様々な国に重宝されてきたようだ。だが、手段を択ばないという点や極秘で行動するという点では、そういった軍事会社よりもたちが悪い。昔から存在する秘密の組織で、アジア圏を中心に活動している」

「昔からというと、戦後まもないあたりか?」

「そんなもんじゃない。わかっているだけでも、千三百年以上前からだ。中国が『隋』や『唐』と呼ばれていた頃にはすでに奴らは存在していた。それから、その時々の王朝の元で暗躍してきたんだ」

「そんなに前から」

「ああ、時代に合わせて組織の形は変えてきたが、そのポリシーは現代まで脈々と受け継がれているんだ」

「どんなポリシーなんだ?」

「簡単に言えば、顧客の依頼を実行するためなら、だれとでも手を組み、どんな非人道的な汚いことでも平気でやるってことだよ。殺人でも、破壊工作でも、何でもな。もちろん、表には出ないように陰でやるってわけだ。奴らにとってはすべてがビジネスなんだ。依頼側の政治体制や政治思想はどうでもいい。奴ら自身は正義でも悪でもないと思っている。純粋に顧客の要望を実行しているだけなんだ。それだけにやっかいなんだよ」

「なるほど、それでか」

田代が、深く頷いた。

彼は、今回の一連の事件の中で共通する犯人像を持っていた。

太々しいまでの大胆さや冷酷さだった。指紋にさほど神経を使わなかったことも、それで理解ができた。登録のない国外の人間だったからだ。

「兄さん。今回、奴らは、本気で陛下を狙っていたのか？」

「いや、そこまでは考えていなかったはずだ。騒ぎを起こせばそれでいいんだ。このライフルの銃弾は、陛下に当てるのではなく、陛下がいる貴賓室に当てて、それで世間が大騒ぎをしてくれ作戦は成功ということだと思う。つまり、世界中が注視する舞台で、日本に恥をかかせてくれれば、やればいいってことさ。それが奴らの雇い主の目的だ。日本はこういうことをされる問題を抱えた国なんだ、もしくは、ろくなテロ対策もできない国なんだ、という宣伝ができればいいってことさ。オリンピックの開会式は、それをするのにはまたとない絶好の機会だったわけだ」

二人は、窓の外に向かって設置されたままの規格外のライフル銃をまじまじと見た。堀内大輔の遺作だ。

「それと、目的はもうひとつあったと思う」

「もうひとつ？」

「ああ。それは、宗方俊夫さんを失墜させることだ」

「うちの本部長の？」

「そうだ、おまえが一番信頼している宗方警察本部長殿だ。あの方を追い落とそうと企んでいたんだと思う」

「いったい、どういうことだ？」

「あの方は、近い将来、警察庁に上がり、そこで実質的な指揮を執ることになる。公安とサイバー・セキュリティー対策の統括責任者になるんだ」

「よく、そこまで。兄さんはいったい何をしている人間なんだ？」

凰鳥のその情報の深さと正確さに、田代は驚きを隠せなかった。

「まあ、待て。それについてはこれから話す」

凰鳥は続けた。

「今回の八頭蛇の雇い主は、すでに宗方さんの優秀さを警戒している。彼が、日本国の公安の中枢に昇ることを恐れているんだ。だから、今のうちに芽を摘んでおこうとしたのさ。今回のオリンピックは、そういう意味ではまたとない工作活動のチャンスだった。統括責任者の宗方さんは、オリンピックの警備を無事にやりきれば、その実績をもって上にあがる。だが、もし、今回の工作活動が成功していたら、逆に、宗方さんの経歴はそこで終わりになる。強敵になりそうな人間は、芽のうちに早めに潰しておく。そこまで考えると、真の雇い主はこの国にいるのかもしれないな」

「そういうことか」

「さっきは、茶化してすまなかったが、おまえが丸腰の単身であっても、あえてここに突入した理由は俺なりに理解していたよ。自分の命をかけてでも宗方さんの立場を守ろうとしたんだな」

「まあ、そんなところだ」

「確かに、あの方はそれに値する存在かもしれない。おまえにとっても、この日本国にとってもな。だが、だからといって、簡単に自分の命を粗末にするんじゃないぞ。おまえが命をかけてでも守らなければならない人間は、他にもいるはずだからな」

それを聞いた時、田代の脳裏には五十嵐麻美の顔が浮かんだ。だが、そのことは口には出さなかった。

目覚め

同じ頃、富士河口湖町、日赤病院――。

鈴木翔英は、病室にあるテレビの映像を眺めていた。

音は消してある。

この部屋でテレビをつけるのはこれが初めてだった。堀内真里華は、変わらず眠ったままだった。先の見えない付き添いで疲労気味の彼には、気分転換が必要だった。そこで、ちょうど始まった東京オリンピックの開会式を見ようと思ったのだ。

式典は定刻通り、そして、滞りなく始まっていた。

しばらくして、ふと、後ろから、小さく消え入るような声が聞こえた。自分の名前を呼ばれたような気がした。

「翔英……さん」

もう一度、呼ばれた。

翔英は振り返った。

ベッドに横たわる真里華が、涙目でこちらを見ていた。

第七章　犯罪嗅覚

明かされる真実

「兄としての説教はここまでだ。そろそろ俺の正体を明かしてやろう」

パナマ帽を脱いだ凰鳥は、田代の隣に腰かけた。

四年ぶりに再会した兄弟が、床の上に並んで座っていた。

「痛むか？」

隣の田代の胸の部分を見ながら、凰鳥が気遣った。

「正直、少しだけ疼いてきた。我慢できないほどの痛みじゃないが」

「さっきまでは、アドレナリンが全開だったからな。じゃあ、かまわず続きを話すぞ」

「ああ、頼む。前に会った時には、確か、何かの宗教団体の役員をやっているとは聞いていたけど、そうではないということか」

田代は思い出したように訊いた。

四年前、ある政治団体が主催した行事で偶然会った時、凰鳥はそう説明していた。自分が籍を置く宗教団体のおかかえの国会議員が所属している政治団体なので、顔を出しているのだと。ただ、その宗教団体の詳しい説明は受けていなかった。名刺すら、もらえていなかった。

「いや、すべて作り話ってわけではないよ。半分は、事実なんだ。俺が役員をやっている宗教団体はちゃんと実在する。名前は、『天照会』と言う」

「天照会」

「ああ。本部は三重県の伊勢にある。規模は小さいが、歴史は古い。千三百年以上前からあるんだ」

「千三百年以上前、さっきの『八頭蛇』と同じだな」

「まさに、その通りだ。天照会はもともと、その八頭蛇の工作活動に対抗するために創られた神道の宗教団体なんだよ。大陸の見えない侵略から日本とそれを治める皇室を守るために創られた諜報組織だ。つまり、千年の時を経て、奴らと戦ってきたんだよ。そのために、日本のそういったあらゆる組織に『神宮衛士』と呼ばれるうちの会の人間を潜入させているんだ。宮内庁の皇宮警察、防衛庁の参謀本部、そして、警察だ。特に公安関係には多い」

「そんな秘密の宗教組織だから、詳しく話せなかったわけか」

「そういうことだ。だが、秘密の組織ではあるが、秘密の組織でもないんだ」

「ややこしい言い方だな。どういう意味だい？」

「天照会は、公安に所属する組織なんだよ」

「公安って、警察庁の公安のことか？」

「無論そうだ。天照会は、現代では公安の中の正式な一組織なんだ。正確に言うと、外事部の公安第二課の所属ということになる。むろん、表向きの組織図には名前はないがな。しかし、ちゃんと、国の予算で運営されているんだ。だから、秘密の組織ではあるが、秘密の組織でもないということだよ」

「そういうことか。ということは、兄さんも僕と同じ警察関係の人間だったってわけか？」

「まあ、そういうことになるな。俺も、表向きは正式な公安警察の人間だ。警察庁警備局に所属している警察官だよ。そこで対東アジア圏のまとめ役をやっている。それが俺のもう半分、表の仕事だ」

そう言って、凰鳥が誇らしげに笑みを浮かべた。

「驚いたな。まったく、気づかなかったよ」

「当然だ。気がつかれるようじゃ、公安の仕事は務まらないよ。実際、各都道府県の警察のトップですら、同じ警察署に所属している公安警察官が何をしているかは知らされないからな。警視庁の公安の外事も同じだと思うが、指令系統がまったく別なんだよ。それに、秘密任務が中心の公安警察は、他部門との情報の共有や交換をしないからな」

「さっき、僕を助けてくれた男たちは、その神宮衛士ってやつか?」

「ああ、そうだ。彼らは神宮衛士の中でも、特に選ばれて訓練された実行部隊だ。組織の中では〝鳥〟と呼ばれている。それを束ねているのがさっき見た通り、この俺ってわけだよ。やっていることは世間に明かされることがないものばかりだが、俺たちは皆、ちゃんとした国家公務員だよ」

「だから、この厳戒下で警備の警官たちに邪魔されることなく、僕を追うことができたってわけか」

「そういうことだ。俺も彼らも、公安が発行した特別な通行証を持っているからな」

「となると、滋賀県内で、兄さんと一緒に堀内さんの銃砲店に押し入ったり、色々なところで聞き込みをしていたのも?」

「俺の部下、つまり、〝鳥〟たちだ」

言いながら、凰鳥が人差し指を突き出し、それを左右に揺らしてみせた。

「しかし、水丸。堀内さんの店に『押し入った』って言い方は、少々人聞きが悪いぞ。お国のためにやむなくやっているんだからな。おまえはお袋と一緒で、犯罪の臭いを感知できるという反則技を持っているが、持っていない俺は、そういう力技《ちからわざ》を使うしかないんだからな」

凰鳥は、わざとらしく眉をひそめて言った。

「悪かったよ、兄さん。考えてみれば、あの時に押収した金属管の残りの寸法を教えてもらえなかったら、今日のこの場所に間に合わなかったかもしれないからな」

「うん、わかっていればいい。許してやる」

そう言って、凰鳥が得意げに笑った。

それは、幼い頃の兄がよく使う言い方と同じだった。

だから、田代も自然と笑った。

そして、大笑いになった。

兄弟が腹の底から笑い合ったのは、三〇年ぶりだった。

そこが、凶悪なテロ行為の犯行現場だったということもおかまいなしに、二人は心底から笑い合った。

「痛っっ！」

笑い過ぎたせいで、田代が胸の傷を押さえて痛がった。

それを見た凰鳥がまた笑い、つられて田代も笑った。

「ダメだ、兄さん、もう勘弁してくれ。これじゃ、治るものも治らないよ」

「そうだな。わかった、わかった」

兄弟は、何とか笑うのをこらえた。

それでも、しばらく笑いはくすぶっていた。

やっと、納まった時に、田代はそれを訊いた。

「さっき、母さんの話がちらっと出たが、訊いてもいいのか？」

今なら、それが訊けると思った。

幼い頃に離れ離れにされたこの兄弟は、しばらく会うことはなかった。

成人してから何度か顔を合わすことはあったが、それはいつも偶然に似た形でだった。互いの連絡先すら交換していないのだ。互いに嫌いだったわけではない。幼い頃は、普通に仲のいい兄弟だった。その気持ちは成人した今でも変わっていなかった。交流を持ってはならないと、父親の幸吉から強く言われ続けてきたからだ。火王丸、すなわち凰鳥の方もそれをわかっていた。だから、意識的に距離を置いてきたのだ。

「ああ。ここまで話しちまったんだから、もう隠すこともないだろう。今日が、しかるべき『その日』なんだろうな。何でも話してやるよ」

「母さんは、どこかで生きているんだろう？」

「当然だよ。親父殿は、本当に、おまえに何も話していなかったんだな」

「ああ。母さんの話になると、死んだの一点張りだ。取りつく島もないんだ。兄さんにも絶対に会うなって言われてきたよ。その話になると必ず、父さんは人が変わったようになるんだ」

「そこまで、徹底していたんだな」

凰鳥は、遠くを見つめるような寂しげな表情で言った。

「だが、水丸。そうしてきた親父殿を恨んではいけないぞ。それは、親父殿だけじゃなくて、お袋と親父殿の両方が望んでいたことなんだ。会わせないことを強く望んでいたのは、むしろお袋の方だったのかもしれない。愛する幼子を危険にさらしたくないからな」

「どういうことなんだ？」

「それは……」

凰鳥がひと呼吸入れ、そして続けた。

「お袋が、天照会のリーダー・依代だからだ」

「な！」

田代は、言葉を失った。

「三〇年前、つまり、お袋が俺を連れて家を出た時のことだ。先代の依代が急逝したんだ。その時に、後を継げる人間がお袋しかいなかったんだ。天照会のリーダーを務めることができるのは、強い霊能力、危険感知能力を授かっている特別な一族の女性に限られている。古来からずっとだ。その血を濃く受け継いでいるおまえには、それがどういうものなのかがわかるはずだ」

「確かに」

それこそが、田代水丸の霊能力＝犯罪嗅覚の根源だった。

凰鳥は、説明を続けた。

「親父とお袋は、もともと、天照会で知り合ったんだ」

「まさか、父さんも天照会に？」

「そうだ。親父殿も昔は神宮衛士だったんだ。今のように警察組織に属していなかった昔の天照会は、自分たちで武器を調達するしかなかった。そこで、室町時代以降、武器造りに長けた国友衆から有能な人材を代々スカウトしてきたんだ」

「そんなに昔からのしきたりだったのか。そうなると、堀内さんは父さんの後任だったということか？」

田代は、堀内の葬儀が仏教式ではなく、神道式だったことを思い出していた。

「察しがいいな。その通りだよ。彼も天照会の神宮衛士だよ。だから、さっきも言ったように、堀内さんの工房には、押し入ったわけじゃなくて、調査に入ったってことだよ。ちゃんと鍵を使って入ったんだ。あそこはいわば会の武器製造所でもあるわけだからな」

「なるほど、そうだったのか」

堀内銃砲店の裏口の扉が無理やりこじ開けられた形跡はなかった。もともと彼らは非常時のために鍵を持っていたのだ。

そして、田代が三〇年間かかえてきた疑問のほとんどが、一気に解き明かされようとしていた。

「依代を受け継がなければならなかった時の親たちは、それこそ相当悩んだと思う。そして、当時のお袋が出した結論は、年上の俺を一緒に連れて出ることだった。そして、自分に面影が似ている幼い方のおまえを親父殿の元に残すことにしたんだ。もちろん、望んでやったことじゃない。断腸の決断だったはずだ。そして、その時に親たちは固い約束を交わしたんだ。水丸には、このことを隠し通そうと。危険が伴う天照会には、いっさい関わらせないようにしようと」

「そういうことだったのか」

「わかってやれ、すべてはおまえへの愛情だったたってことさ」

凰鳥は、田代の肩に手を乗せて諭すように言った。

田代は深く頷いて、それに応えた。

「まあ、そういうことだ。俺の方も、すべて話せてすっきりしたよ。三〇年間、辛かったぜ。これからは、お互いに隠し事なしで普通に付き合っていけるな?」

「ああ、無論だ。そうしよう」

二人は、その言葉の証に、それぞれの携帯の番号を交換した。

「すべてを話してくれて、ありがとう。それから、遅ればせながら、助けてくれたことにも感謝するよ。もし、兄さんが駆けつけてくれなかったら、僕は何も知らないまま死んでいたかもしれない」

「礼には及ばないさ。奴らの計画を阻止できた大半は、おまえの働きのおかげだ。礼を言うのは、むしろこっちの方だよ。とは言うものの、この件の顛末は、どこの記録にも残らないがな」

そう言うと、凰鳥は立ち上がり、パナマ帽を被りなおした。

「そういえば、もうひとつだけ話していないことがあった。プライベートなことになるかもしれないが、まあ、これからは隠し事なしで付き合っていくわけだからな」

凰鳥は、少しだけ話すのを躊躇しているようだった。

「なんだい。もう、何を聞いても驚かないよ」

「わかった。実は、潜入させている神宮衛士はおまえの身近にもいるんだ」

「へぇー、気づかなかったな。いったい、誰だい？」

「五十嵐麻美君だ」

「まさか。嘘だろう」

と言ったあと、田代は絶句した。

「冗談で言えることじゃない。事実だ。だが、彼女を責めるな。お袋が考えたことだ。今の五十嵐君は、それをひどく後悔している」

「気づかなかった」

田代は、ひどく困惑していた。

「誤解をするなよ。会がおまえを利用するためにそうしたわけではない。あくまでも、おまえを守るためだ。そして、今回のようにおまえに力を貸して、助けるためだ。俺たちが手に入れた堀内さんの所の金属管の残りの長さをＭＪ社の大岡氏に伝えることができたのも、彼女がいてくれたからだ」

凰鳥は、主張した。

「さっきの電話のやりとりで、おまえが銃を携帯せずに単独で突入しようと知った時は焦ったが、彼女が逐次送ってくれたおまえの位置情報のおかげで、〝鳥〟たちとここに三〇秒と違わずに突入することができたんだ」

「さっきの僕と彼女の会話を聞いていたのか?」

「ああ、そうだ。仕方がなかったんだ。今回は、一分一秒を争うことになるからな。彼女にそう指示したんだ。もちろん、ふだんは、そこまではやっていないよ。何度も言うが、あくまでも、おまえを守り、助けるためだ」

凰鳥は、心痛の面持ちで続けた。

「ただ、彼女は、それがわかっていても、おまえに隠し立てしていることに耐えられなかったようだ。国を想う気持ちとおまえを想う気持ちとのはざまで、喘ぎ、苦しんでいたようだ」

「彼女が」

「今回の件が無事に終わったら、警察は辞めるそうだ。今になって思えば、彼女には可哀想なことをさせてしまったよ」

「辞める?」

「ああ、この事案を最後に、警察を去るようだ。並みの決断ではないようだった。この俺が、圧倒されるほどの気迫だった」

「まいったな、まいった」

田代の困惑は解けなかった。

「まいったとは、ほかに代わりがいないほど優秀な部下を失うからか？　それとも、彼女自身を失うからか？」

「後者の方に決まっているだろ」

田代は、迷わず言った。

「ほー」凰鳥は感嘆の声を上げ、続けて訊いた。

「それは、愛情なのか？」

小さな間ののち、田代は凰鳥の顔を見据えて、

「そうだ！」

と、はっきり答えた。

「わかったよ。お袋のことも、責めるなよ。同じように、おまえへの愛情からだからな。まったく、どうしようもない親ばかぶりだ。まあ、他にも目的はあったようだが」

「他とは？」

「それは、お袋に直接会って聞けばいい。もう、そうしてもいいだろう。住所は、あとでおまえの携帯にメールで入れておいてやる。照れくさかったら、俺が間に入ってやるよ」

そう言うと、凰鳥は腕時計を見た。

「後の始末は、俺の部下たちが抜け目なくきちんとやる。一味のリーダーや雇い主はとっくに姿を消しているだろう。おまえは、帰ってちゃんと傷の手当てをしろ。俺も、局に帰って、オリン

ピック中継でも見るとするよ」

「わかった、そうさせてもらうよ。落ち着いたら、連絡する」

田代は、交換した番号を入れた携帯を上げて見せた。

「ああ、待ってるぜ。じゃあ、またな。水丸！」

凰鳥はパナマ帽のつばの部分を小さく上下させて会釈すると、その場を去った。

解決の代償

田代水丸は、満身創痍の心と体に鞭打って警視庁の本庁舎まで歩いて戻った。

途中、五十嵐麻美に電話を入れたが、応答はなかった。

本庁舎に戻ると、宗方俊夫に事の顛末を説明した。

話を聞いた宗方は驚き、何度も天を仰いだ。そして、

「馬鹿野郎、俺なんかのためにそんなにボロボロになりやがって。早く家に帰って体を休ませろ！」

最後に涙を浮かべながらそう命じた。

それから、田代は広報室に向かった。

五十嵐麻美に会わなければならなかった。内心、会うのが怖かった。何をどう話していいのか

わからなかった。だが、とにかく会わなければならなかった。会って、話をしなければならなかった。

だが、彼女はいなかった。早退するとだけ同僚に伝えて、帰ったという。

何度も、携帯に連絡を入れたが、出ることはなかった。

口頭での通達

翌日の午後――。

静岡県御殿場市、御殿場警察署――。

捜査課長の目澤雅治は、署長室に呼ばれた。

部屋には署の幹部が揃っており、彼が一番最後だった。

「よし、皆が揃ったところで、伝えたいことがある」

署長が話し始めた。

「この話は、内容の性質上、文書にはできない。従って、すべて口頭での通達になる。まずは、それを承知してくれ」

皆は、頷いた。

「まだ立ち上げたばかりだったが、例の『東富士演習場殺人事件』は、うちの担当事案から外れることになった。当御殿場警察は、本日、今をもって、いっさい本件から手を引くことになった」

「ええっ、どういうことですか？」

当然のように、目澤が訊いた。

「どうもこうもない、今話した通りだ。金輪際、うちはこの件にかかわらないということだ」

「では、今後は、どこが受け持つのですか？」

「それも、明かされていない」

「どうしてですか。新しい担当部署がわからなければ、引き継ぎもできないじゃないですか？」

「新しい担当部署が明かされないのは、この件が国際問題に絡んでくるかららしい。だから、文章にも残さない。従って、引き継ぎもない。俺が本部から聞かされたのは、それだけだ」

「そういうことですか」

署長のその説明を聞いた皆は、一様に納得した。

「そうなると、新しい担当部署は公安の外事かなんかでしょうね。だとすれば、確かに、うちの出る幕はなくなるなぁ」

幹部の一人が言うと、

「これで、安心してオリンピックが楽しめるな」

と、もう一人が言って、一同が笑った。

だが、目澤だけは笑わなかった。

黙っている目澤を尻目に、他の幹部たちは気が楽になったせいか饒舌になっていた。

「確かに、あれは複雑そうで厄介そうな事件だったな。わけのわからない高所作業車が登場したりで、よくある普通の殺人事件とはひと味違っていたからな」

「まったくだ。危うく、面倒に巻き込まれるところだったな。縁が切れてよかったよ」

再び、一同が笑った。

目澤は笑わないどころか、顔を強張らせていた。

「どうした、目澤。そんな怖い顔をして。おまえも、厄介な殺人事件から解放されてほっとしただろう?」

署長が訊くと、

「正直、気は楽になるのかもしれません。しかし、ここまで頑張った部下たちの心情を考えると、素直には喜べません」

と、無念そうに言った。すると、

「頑張っていて残念がるのは、おまえが可愛がっている及川君くらいだよ。他の刑事たちは皆、ほっとして喜んでいるよ」

と、冷やかすように一人が言った。また、一同が笑った。

目澤は、こみあげる怒りを堪えた。事なかれ主義が蔓延しているのは、刑事課だけではないと、彼は痛感していた。

「とりあえず、以上だ」

署長の言葉とともに、皆が部屋を出始めた。

「目澤、ちょっと」

目澤だけが、署長に呼び止められた。

署長は、二人だけになるのを待って、そして、口を開いた。

「確かに、おまえは優秀だ。捜査官としての能力も、管理職としての統率力もだ。それは認めてやる。だが、おまえも、上を目指したいのなら、少しはわきまえろ」

「わきまえろ、とは？」

「上司たち、皆の考えに水を差すな、ということだ」

「私は、別にそんなつもりは」

「いいや、おまえの言動にそれがにじみ出ているよ。さっきの態度が、まさにそれだった」

「そんなに、特別なことは言っていなかったと思いますが」

「いいか、目澤。それに気づかないという、そのことが問題なんだよ。おまえは、知らず、皆の〝和〟を乱しているんだよ」

「さっきの私のどこが、和を乱しているのですか。あの事案は異常な展開を見せつつありました。それに、全力で当たろうとしたことのどこが和を乱しているのですか？」

目澤の言葉は止まらなかった。

「及川と松村は、とてもいい動きをしていたと思います。かなり核心に近いところまで迫っていたと思います。それをいきなり止めさせるんですよ。可哀想じゃありませんか」

「もう、あの事案の話はするなと言っただろう。忘れるんだ」

「結果に絡めなければ、表彰もしてやれないじゃないですか」

目澤の語気は強まるばかりだった。

「わかったから、もう、やめろ！」

たまらず、署長が強い口調でそれをいったん制止した。

それから、静かな口調に戻って話した。

「目澤課長、おまえが部下想いなのはよくわかった。だが、自分の今後のことも考えろ。そんな調子だと、表彰の推薦はおろか、おまえ自身の昇進を推してくれる人間は誰もいなくなるぞ」

「私は」

目澤が、言葉を詰まらせた。

「話は、以上だ。行け」

署長が、冷たく言い放った。

新橋の慰労会

その日の夜――。

東京、新橋駅南口――。

宗方俊夫が行きつけのその和牛専門店の特別室に田代兄弟を招待して、昨日の事件の労をねぎらっていた。

「今回は、君たちの活躍のおかげで、本当に助かったよ」

宗方は、凰鳥と田代水丸のグラスに自らビールを注いだ。

「恐れ入ります」

凰鳥は、両手でグラスを持ちながら頭を下げた。彼は、普段よりも神妙だった。

「まさか、同じ警察の身内に田代君の兄上がいるとは、驚いたよ」

「ええ、僕もきのう聞かされて初めて知ったくらいですから」

たった一日で、三〇年間の空白は埋められ、兄弟の関係は元通りに修復できていた。交換した二人の携帯の電話番号は、さっそくこの会合の待ち合わせに役立っていた。

「まあ、公安ということであれば、それも頷けるな」

「本部長殿のおっしゃるとおりです。むしろ、我々公安は、そうでなくてはならないのです」

「うん、田代君の言う通りだ、おっと、兄上の方も田代君だったね。これからは、ややこしくなるな」

そう言って宗方が笑うと、兄弟たちもつられて笑った。

「私は、本名を田代火王丸と申しますが、言いにくい名前なので、よろしければ凰鳥と呼び捨てでお呼びください」

「例の『天照会』での呼び名だね」

「はい、そうです。極秘任務がほとんどなので、むしろその方が都合がよいのです」

「わかった。これからは、そうさせてもらうよ」

「ありがとうございます。天照会では、特殊任務にかかわる者は皆、本名を隠すためにそうしております。ちなみに、男性職員は〝鳥〟、女性職員は〝小鳥〟です」

「わかった。覚えておくよ。ところで、君もそうだが、皆に鳥の字が付くのには何か理由があるのかね？」

「はい、あります。その昔、天照大神様に岩戸から出ていただくために、岩戸の入口に宿り木に乗せた鳥を置いて鳴かせた、という伝説に由来しております」

「ああ、あの有名な『天岩戸《あまのいわと》』の伝説だね」

「そうです。それ以来、鳥の宿り木、すなわち、鳥居は神社の聖域を示す構造物になったと言われております」

「なるほど、そういう由来があったわけだ」

宗方が、大きく頷いた。

その話を聞きながら、田代は知らず胸のペンダントを握りしめていた。自分の命を奇跡的に救ってくれた鳥居のデザインのものだ。母親の愛情の証だった。

「すでに知っているだろうが、今回のオリンピック警備の任務が無事に終われば、俺は警察庁に移って公安を預かることになる。そうなると、今度は兄上、つまり凰鳥に世話になることになる。聞くところによると、君は対東アジア圏のスペシャリストだとか？」

「まあ、局内ではそう言われております」

恐縮してはいるものの、凰鳥はだいぶ気持ちが和らいできていた。

「うん。今回のことがまさにそうであったように、これからの東アジアはさらにも増して警戒しなくてはならない要注意エリアだ。ますます君の経験と知識が必要になる。頼りにしているよ」

「全力を尽くします！」

凰鳥は、嬉しそうに言った。

「宗方本部長殿が、公安のトップになることで、各県警察はもちろんのこと、天照会、対ロシアは茨城の工藤さん、対東アジア圏は九州の浅尾さんが、太い一本のパイプで繋がることになります。こんなに強力な情報収集能力のある布陣は類を見ません。公安は、これから一番力を入れて行かなくてはならない東アジア圏の民間の情報ネットワークを手に入れることができるのです。

やはり、あなたはそういう天命の元に生まれた方なのですね」

そう言いながら、今度は、凰鳥が宗方のコップにビールをついだ。

「ははは、天命ときたか。確かに、皆さんとは親しくさせていただいているので、それなりの情報収集のネットワークができるのだろうが、少々オーバーな表現だなぁ」

宗方の方も、まんざらでもなさそうに酌を受けた。

「お言葉を返すようですが、決して、オーバーな表現ではありません。今回の事案も、まさにそのネットワークのおかげでした」

「ほう、というと?」

宗方の問いに、凰鳥が説明した。

「滋賀の堀内さんがあんなことになった時に、私がすぐに先を読んで行動できたのは、工藤事務所、つまり工藤辰夫さんのところからの情報提供のおかげだったのです」

「どういうことかね?」

「ご存知のように、私の部署の専門である東アジア各国は、昔から武器や兵器はロシアに依存しております。ですから、各国がどんな取引をしているのかを逐次チェックする必要があります。そのために、ロシアの情報収集に長けている工藤事務所から定期的に情報の提供を受けております。そして、ちょうど、あの事件の直前に気になる動きがあったのです」

「その話は、今始めて聞いたけど、気になる動きとは?」

田代が訊いた。

「うん、そうだったな。いつものように、両国の取引情報のリストをもらって確認をしていた時のことだ。武器や兵器の取引の中に、一つだけ設計図だけの依頼が混じっていたんだ」

「設計図だけの依頼？」

「ああ、そうだ。その設計図の提供元はロシアのロバエフ社だった」

「ロバエフ社。確か、世界最長の射撃距離を持つライフル銃を造っている会社だ」

「さすがだな、水丸。俺も、後でそれを知ったのだが、気になって調べてもらうと、ある国が、そのライフル銃の改良型の設計をロシア側に依頼していたことがわかったんだ」

「長距離性能銃のさらなる改良型、すなわち」

「そうだ、それこそ、三キロ以上を飛ばせる今回のライフル銃を造るための設計図だったんだ」

「そういうことか！」

「ああ。堀内さんのことがあった時、俺はすぐにそのことを思い出して二つを結びつけることができたんだ。その設計図通りに銃を造れる人間は、日本広しとはいえ堀内さんしかいないからな。だから、俺は余計な遠回りをせずに、捜査の道を最短で進むことができたんだ」

「そうだったのか」

田代は当時を思い返し、そして、納得していた。

まだパナマ帽の男が兄であることを知らなかったあの時、自分と同じ思考で常に一歩先を行っている相手に驚きを感じていた。その理由が、今、明かされたのだ。

「それにしても、兄さん」

田代が、首をかしげながら言った。

「北九州の浅尾家は、代々、防人《さきもり》として、東アジア圏の情報収集のための人脈を作っているのは知っているけど、考えてみれば、茨城の工藤さんが、なぜ、ロシアの情報収集に力を入れているのかは、よく知らないな」

田代は、懇意にしている工藤辰夫がロシアに太いパイプを持っている理由を知らなかった。

「実は、俺もその理由までは聞かされていない。今回は、工藤さんが直々に動いてくれたんだが」

「外遊中のヨーロッパで、わざわざ動いてくれたというのか」

田代は、工藤の娘の瑞穂から病院で聞いた話を思い出していた。

「そうなんだ。たまたま近くに相談できる銃の専門家がいたらしくて、自ら動いてくれたんだ。まあ、あの方の人脈の広さは、洋の東西を問わないからな」

凰鳥は続けた。

「もともと工藤さんが、一番ロシア情報の収集に力を入れていたのは、ロシアになる直前のソ連の時代だったらしい。それが基本になって、現在までその情報網が継承されているようだ。当時の工藤さんが持っていた情報量と人脈は、その時の公安の対ソ連部のそれを凌駕していたらしい。

しかも、驚かされるのは、そこまでしたのがお国のためというよりは、たった一人の親しい友人のためだとも言われているんだ。いずれにしても、あの方のスケールの大きさや行動力の桁外れさは、我々凡人にはとうてい理解できないといったところだ」

凰鳥は、両手を左右に出してギブアップして見せた。

説明を聞いた田代は、その親しい友人に心当たりがあった。あの「レジェンド」のことにまちがいない。しかし、この場ではあえてそれを口には出さなかった。触れてはならない部分だということを父の幸吉から固く言われ続けてきたからだ。

「というわけで、立場をわきまえずに、あえて言わせていただきますが」

凰鳥が、さらに続けた。

「本部長殿が、公安に来られたら、もう少し、警察組織全体の情報の共有化を考えられたらよいかと思います。あなたなら、きっと縦割りの悪習や限界を打破できると思います」

「言われてみれば、俺も浅尾さんの機関から事前に犯人たちのそれらしき入国情報はもらっていた」

宗方が、悔しそうに続けた。

「だが、結局は、それを活かすことができなかった。奴らは、成田空港からレンタカーを借りて、堀内さんの娘さんが住んでいる同じ千葉県内の柏市に向かったんだ。だが、成田から先の行動は、当時の警視庁の情報収集網には引っかかってこなかったんだ。この点は、改善の余地があるな。

実に、もったいないことをしてしまったよ」

「おっしゃるとおり、警視庁と警察庁が情報の共有をしていれば、あるいはもっと早い段階から、奴らをマークできていたかもしれません。だから、今回、あなたが選ばれたのです」

「それが、さっき、君が言った天命ってやつか」

宗方の呟きに、凰鳥が深く頷いた。

「そういえば」言いながら、宗方が田代の方に振り向いた。

そして、しみじみと言った。

「田代君。俺は、以前、君が言った言葉をいまさらながらに噛みしめているよ」

「以前、というと？」

「本部長室で君が俺に言った言葉だよ。俺が本部長の時にオリンピックの警備という一大事業が回ってきたのは、偶然ではなく、回るべくして回ってきた必然だったのだと。蓋を開けてみれば、まさにその通りだった。これも、天命ということなんだろうな」

「そんな偉そうなことを言いましたかね」

田代は、照れを隠すようにビールを仰いだ。

「本部長殿、こいつには子供の頃から、霊能力と言おうか、そういう神がかり的な何かがあるのですよ」

「うん、よく知っている。俺も、今まで何度も、その能力の恩恵にあずかってきた。『嗅覚の怪物』というあだ名は、もともと俺がつけたくらいだからな。彼のその人間離れした捜査能力は、まさに怪物並みってことだ」

「そうでしたか。それは、ぴったりの表現です」

「お二人とも、やめてくださいよ。『怪物』だなんて。これでも僕はスマートで優しいイメージで売っているのですから」

田代は、さっそく、松村からもらったフレーズを引用していた。

「それは、失礼した」

宗方が笑い、三人は、大笑いした。

「冗談はともかく、今まで、田代君には、それこそ数えきれないほど窮地を救ってもらってきた。だが、今回のは中でも特別だ。俺の進退に直接かかわることだったからな」

話すうちに、宗方の表情が真剣になった。

「しかも、下手をすると命まで失わせるところだった。そこでなんだが。せめてもの罪滅ぼしということで、何かさせてもらいたいんだ。まあ、俺にできることと言うと、警察機構の中での人事的なものに限られるが、それでよければ、そこそこのことはできると思う」

「水丸。本部長殿もそうおっしゃっているのだから、遠慮なく言ってみろ」

凰鳥が、ここぞとばかりに援護した。

「それでは、ひとつだけ」

田代は、二人の気持ちに応えることにした。

「ひとつだけと言いましたが、三人分になりますが」

「三人分？　かまわんよ、言ってみてくれ」

田代は、自分ではない三人の名前を挙げた。そして、その理由を説明した。

「そうすることで、君は満足なんだな？」

最後に、宗方は確認した。

「はい、そうしていただけると、一番満足できます」

田代は、きっぱりとそう答えた。

「わかった。たぶん、大丈夫だろう。俺の裁量の範囲内のことだ」

宗方は、それを保証した。

「その要望自体には異論はないが、それでは、自分自身の出世のこととは全然関係がないじゃないか。まったく、おまえってやつは、つくづく欲のないやつだなぁ」

そのやり取りを見ていた凰鳥が、嘆くように言った。

「凰鳥よ。これが、おまえの弟だ」

宗方が、兄を諭した。

幸吉の伝言

翌日――。

凰鳥は、茨城県の友部町にいた。

昨夜は、人生でも一番楽しい酒宴だった。楽し過ぎて、飲み過ぎたせいで睡眠が足りず、部下に運転を任せた。そうしてでも、行きたいと思ったのがこの場所だった。

父方の実家を訪ねたのだ。これまでに、何度か父の幸吉と顔を合わすことはあったが、こうして友部の実家まで帰省するのは実に三〇年ぶりのことだった。

しかし、予想していた通り、楽しい帰省ではなかった。

拒絶はされなかった。だが、喜んで迎えられてはいないようだった。

幸吉は、顔色一つ変えずに「おう」と、ただひと言だけ言うと、

「入れ」

淡々と、中に招き入れた。

「今日は、親父殿に、報告とお願いがあってまいりました」

凰鳥の方も、手土産の赤福を渡すと、ご機嫌伺いや遠回しな世間話などもせずに、すぐに話を始めた。

「堀内さんのことは、大変残念でした」

まず、今回の一連の事件の報告をした。

その中で、幸吉の弟子の堀内大輔の死の真相を説明した。そして、今回、堀内が犯行用の銃の製作者に選ばれたのは、彼が天照会の衛士だったからではなく、たまたま銃を造ることに長けていたからそうなったのだということを強調した。

齢九〇歳を超えた幸吉は、その話を根気よく聞いていた。しかし、彼の方から何かを訊いてきたり、話したりするということはなかった。

そして、最後に凰鳥は、頼み事について話した。

水丸が母親に会うことに同意をしてやってほしいと頼んだ。

今の天照会は正式な国の機関だから、相手も簡単には手出しはしてこない。昔と違って、安全なのだと力説した。

だが、当の幸吉は、変わらず、ひと言もしゃべらなかった。

「話は以上です。親父殿の方から何もなければ、俺はこれで帰ります」

それでも、幸吉は、言葉を返すことはなかった。

「では、お体にご自愛ください」

凰鳥が、残念そうに席を立った。

外では、運転手役の部下が車の中で待機していた。

凰鳥が出てくるのを見るや否や、車を出て、後部席のドアを開けた。

「局に戻る」

とだけ伝えると、凰鳥は座席に座り、そのまま腕を組んで目を閉じた。

「凰鳥さま！」

バックミラー越しにそれを見た部下が声をかけてきた。

凰鳥が、後ろの方を振り向いてみると、幸吉がこちらに向かって歩いてくるのが見えた。

彼は、急いで車を降りた。

「火王丸」

立ち止まった幸吉が、彼の名を呼んだ。

そして、言った。

「お前の母親に伝えてくれ」

「はい」

「なるべく早いうちに、友部に遊びに来いと。オリンピックにからめて、近衛君や工藤君も遊びに来るようだしな」

「わかりました」

「それから――」

ひと呼吸おいて、幸吉が続けた。

「その時は、水丸と一緒に来いと」

それを聞いた凰鳥は、幸吉の瞳の中に長年見ていなかった父親のぬくもりを感じた。

「わかりました。必ず伝えます」

「その時は、おまえも一緒に来い」

「はい！」

凰鳥の返事を聞くと、幸吉はゆっくりと背中を向けて、来た方へ戻っていった。

「親父殿！」

凰鳥に呼び止められて、幸吉の足が止まった。

「ありがとうございました！」

凰鳥は深々と頭を下げた。

幸吉は振り返らないまま、右手を軽く上げてそれに応えた。

凰鳥は、そのまましばらく頭を下げていた。

目澤の困惑

同じ日の午後――。
静岡県静岡市内、静岡県警察本部――。

その庁舎は、駿府城公園を見下ろすようにそびえ建つ高層ビルだった。

秘書に案内された目澤雅治は、経験したことのない緊張を感じながら、その重厚な木製のドアをノックした。

「御殿場署の目澤です。入ります！」

「入れ！」

県警本部長の稲田正之が、中から許可した。

「失礼します！」

中に入ると、予想に反して稲田本人が一人だけでいた。

目澤は、久しぶりに直立不動で全身全霊を込めた敬礼をした。

それから、促されて応接用のソファに座る。

しばらく、稲田は黙って目澤を見ていた。

実際は、数秒間であるが、目澤にはそれが数分間に感じられた。

静岡県の警察の実質的なトップの人間と出先の課長職の人間が二人だけで差しで会うこと自体、通常では考えられないことだった。目的に応じて、必ず誰かしらの補佐する者が本部長の横に同席するのが常である。それが、警察組織というものだ。しかも、ここに来ることは誰にも話すなという指示を受けての訪問だった。肝心の訪問の目的すらも聞かされていない。目澤は、困惑と緊張とでどうにかなりそうだった。

「俺とここで会うことは誰にも話していないな?」

やっと、稲田が口を開いた。

「はい!」

「署長にも話していないな?」

「はい、話しておりません!」

「目的も告げずに、こういう形で呼び出してすまなかった。困惑しているだろう」

「はい、かなりしております」

目澤は、正直に答えた。

稲田は、表情を崩さずに続けた。

「そうだろうな」

「そうしなければならなかった理由は、あとで別の人間が説明してくれる。俺は、その前に主旨だけを話しておく。ふたつある」

「伺います」

「ひとつは、君たちが担当していて、急に担当部署が変わった例の自衛隊演習場の殺人事件の事案についてだ。君はそうなった理由やその後の展開に興味があるかね?」

「はい、あります。私もそうですし、部下たちもあると思います」

「そうか。もしあるのなら、口外しないことを条件に、君と担当したうちの二名にだけ、きちんと説明をすると先方が言ってきた」

「私と、担当した二名だけ。担当した人間はもっとおりましたが、二名とは誰かに決まっているのでしょうか？」

「決まっている。新人の刑事とそれを補佐した鑑識のチーフだ」

「及川と松村のことですね？」

「そうだ、その二人だけだ。署長や他の幹部には話さない。だから、こうして、君にこっそりとここに来てもらったんだ」

「そういうことですか。それで、説明をしていただけるその〝先方〟とは、どちらの所属の方ですか？」

「それは、俺の口からは話せない。詳しいことはさっき言ったように説明をしてくれる人間に直接訊けばいい。すぐそばで、待機してもらっているから」

「わかりました」

目澤は質問を打ち切った。

わからないことだらけだが、とにかく、あとはその説明に来てくれている人間から訊くより他になかった。

「もうひとつは、君の今後の処遇についてだ」

「私の処遇？」

「そうだ。次の人事異動の時の話だ」

そう聞いた目澤は、再び困惑した。

「私は、どうかなるのでしょうか?」

ここに、内密に来なければならなかった理由は、稲田の説明で何となく理解できた。だが、こと人事のことについて警察本部長から直接話があることは、警察組織の中ではあり得ないことだった。

「うん、異動してもらうことになる」

「異動……ですか」

とっさに、思い浮かんだのは、署長とその取り巻きの署の幹部たちだった。

事なかれ主義の彼らにとって、自分は煙たい存在だったのだろう。それは、最近、感じ始めていた。そして、先日の、署長からのあの忠告だった。だが、まさか自分を追い出そうとまでするとは驚きだった。そこまで骨のある連中だとは思えなかったし、それほどの上層部との人脈も持っていないと思っていたからだ。しかし、現実として、今それを話そうとしているのは、その上層部のトップの中のトップの人物だ。

「やはり、私は署を追い出されるのですか?」

目澤は、観念したように訊いた。

「おいおい、追い出されるとは、ずいぶんな物言いだな。どう見ても栄転だと思うがね。いや、そう思ってもらわないと俺も困るんだが」

「栄転？」

「そうだ。君には、県全体の犯罪捜査の指揮をとってもらうつもりだ」

「すみません、おっしゃることの意味がよくわかりませんが」

目澤は三たび、困惑した。

どう考えても、自分が考えていたのとは、正反対の話のように聞こえるからだ。

「君には、県警本部の捜査課に来てもらう。最初の一年目は課長付きで慣れてもらって、二年目からは正式に課長として頑張ってもらいたい」

「県警本部の捜査課長にですか？」

目澤は思わず声をあげていた。

「そうだ。大抜擢の部類だと思うが、それじゃ、不満か？」

この日初めて、稲田が目を細めた。

「と、とんでもありません。驚いているだけです。考えられないような特進ということになりますから」

目澤は、ただただ驚くしかなかった。

自分がそうしてもらえる理由に、まったく心当たりがなかったからだ。

「捜査に携わる者にとっては、最高の栄誉であり、憧れの地位です。しかし、なぜ、私のような者にそんな」

「心当たりがないのか？」

「はい、皆目ありません。もしよろしければ、その理由を教えていただければ」

「実は、この俺も、詳しい理由はわからない。ただ、ある筋からの強力な推薦があったとだけ答えておこう」

「その、ある筋というのも教えてはいただけないのでしょうか？」

「それは、いずれわかるだろう。君がそれに値するだけの貢献をしたと、その推薦人が判断したということだ。そして、その推薦人は、俺が最も信頼している男だ。だから、俺は細かい理由を聞かずにそれを受け入れたんだ」

「そうですか」

その推薦人が誰なのかは、想像もつかない。だが、この稲田をもってして、二つ返事で異例の人事を引き受けさせるだけの実力と度量を持った人物であることだけは想像できた。

「じゃあ、その線で進めさせてもらうぞ。異存はないな？」

「ありません。よろしくお願いします！」

影の功労者

十五分ほど後――。

本部庁舎の建物を出た目澤は、稲田の秘書から教えられた場所に向かって歩いていた。稲田が言っていた説明をしてくれる人物は、本部庁舎に一番近い駿府城公園の入口横にあるオープン・カフェで待っていてくれているとのことだった。

歩きながら、目澤は思い返していた。

本部長室を出る時に、稲田がかけてくれた言葉が印象に残っていた。

「頑張れよ、目澤君。見ている人は、ちゃんと見ているんだ」と。

であれば、自分をここまで評価してくれていた人物とは、いったい誰なのだろうか。何度考えても、目澤には思い当たる人物が浮かばなかった。

そうこうしているうちに、目指すオープン・カフェに着いた。

会う相手の素性は聞かされていない。もちろん、初対面の相手だろう。はたして、見つかるのだろうか。だが、見れば必ずわかると稲田は笑って言っていた。

店の外に何席か出されているテーブルセットは、ほとんど客で埋まっていた。しかし、その中に警察関係者らしい外見の人物は一人もいなかった。

ひとつのテーブルに目が留まった。長髪で、垢抜けた都会風の男性が足を組んで、タブレットを見ていた。オープン・カフェの洒落たイメージにピッタリと馴染んでいた。

目澤はその男性に見覚えがあった。きっと、有名人かその類なのだろう。雑誌かテレビで見かけているのかもしれない。そう思って見ていると、その男性もこちらに気づいたらしく、会釈をしてきた。その顔を正面から見た瞬間に、目澤は、それが誰なのかを思い出した。

警視庁の田代広報室長だ。

「御殿場署の目澤さんですね？」

先に相手から尋ねてきた。

「はい。私の待ち合わせの相手とは、室長殿なのですか？」

「そうです。さあ、どうぞこちらに」

そう言って、空いている方の席を勧めると、田代は店の奥の方に向かって飲み物のオーダーを頼んだ。

「田代室長。お目にかかれて、光栄です！」

「私も、お会いできて、とても嬉しいです」

儀礼的な挨拶の表現なのかもしれないが、田代は本当に嬉しそうだった。

「このたびは、こちらの捜査の件で、大変お世話になりました」

「いや、とんでもありません。お世話になったのは、むしろこちらの方です。及川刑事や松村チーフには、言葉では言い尽くせないほどお世話になりました」

目澤は、驚きで言葉を失った。

「ですから、目澤課長には一刻も早くお目にかかって、直接、お礼が言いたかったのです」

「本当ですか？」

信じられないと言った様子で、目澤が訊きなおした。

「はい、本心から言っています」

「失礼しました。如何せん、今日は、驚くことばかりで、頭が追いついてこれません」

「お察しします」

それは、田代自身が、誰よりも理解していた。

「まずは、冷たい飲み物でも飲んで、いったん頭をリフレッシュされた方がよろしいかと思います。これから私がお話しすることは、もっと驚くような内容だと思いますから」

アイスコーヒーが運ばれてくると、目澤は一気にそれを飲み干した。

それを見届けると、田代が口を開いた。

「稲田本部長から聞いていると思いますが、これからお話しすることは、絶対に他言無用ということになります。よろしいですね？」

「はい、お約束します」

「では、お話しします」

田代が今回の一連の事件の流れを説明しはじめた。

説明には手を抜かず、時間をかけた。説明を受ける目澤の大きな驚きの反応は、予想通りだった。

そして、すべての説明を終えた田代は、最後にこう結んだ。

「あなたは、署内の障害に対して、自らが壁になって及川刑事の捜査を守ってくれました。部下を信頼するあなたの勇気ある行動が、結果的に、この国の危機を救ったのです。あなたは、この一連の国家的事件を解決に導いた影の功労者なのです」

終　章　二人の再会

御殿場の慰労会

その日の夜――。

静岡県御殿場市内――。

田代が泊まるホテルの近くにある居酒屋で、三人だけの慰労会が行われていた。

店内に置かれたテレビでは、オリンピックの三日目の競技結果のシーンが繰り返し流されていた。

乾杯の後、田代は及川仁志と松村隆弘に事件の結末と真相を説明した。すべての真相を知っているのは警視庁の宗方と警察庁の公安局の一部の関係者、そして、数時間前に話した目澤雅治のみだった。田代は、この二人にもすべてのことを話しておくべきだと思ったのだ。

「そんな組織を相手にしていたのかぁ」

話を聞き終わった及川が、思わず声をあげていた。

「田代室長は、早い段階からそう思われていたのですか？」

松村が訊いた。

「ええ、国外の人間たちの仕業である可能性は大なり小なり頭に入れていました。及川さんから佐々木さんが殺害された様子を聞いた時に、そのやり口の粗暴さが気になりましたから。そして、その可能性を排除できないと思ったのは、建設機械のレンタル店での話です」

「例の『無感情の男』が訪れた時の？」

「そうです。あの話を聞いた時に、あの男が不自然なほどしゃべらなかったのは、日本語をうまくしゃべれなかったからではないかと考えたのです。しゃべれば日本人でないことがばれてしまうからではないかと」

「なるほど」

「そして、堀内さんの銃砲店での大胆な証拠の残し方です」

「あの時におっしゃった、指紋がついても気にしないような不敵な奴ら、というあれですね？」

及川が補足した。

「ええ、それです。あの時点で、かなりの可能性を感じていました」

「そうでしたか、さすがは、『嗅覚の怪物』ですね」

松村が嬉しそうに言うと、一同は大笑いになった。

当の田代も、その呼ばれ方を、もはや否定しなかった。

「ところで、奴らは、なぜ、そこまでして特注の銃を造ろうとしたのですか?」

及川が一番聞きたかったのが、その点だった。

「わざわざ娘さんを誘拐し、ついには堀内さん本人まで手にかけて。話を伺えば、それほどの組織なら性能のいいライフル銃なんていくらでも手に入るはずですよね?」

「当然の疑問です。そこで出てくるのが、例の三・二〇七キロという数字です」

「高所作業車が置かれていた第二の現場と、単管を組んで防弾ガラスが固定してあった第三の現場との距離ですね?」

「そうです。その異常に長い距離を飛ばせてなお、防弾ガラスをも貫通させられる銃がどうしても必要だったのです。しかし、そんな銃は世界中のどこにも存在しない。だから、特注で造るしかなかったのです」

「しかし、特注でと簡単におっしゃいますが、いくら堀内さんが日本一の職人であったとしても、そんなに凄いものが三、四日やそこいらで造れるものなのですか?」

「通常では造れません。特に、ライフル銃は一つ一つの部品に極めて細密な計算根拠と製作の精度が要求されますから」

「ですよね」

「しかし、設計図があれば話は別です。今回、奴らは事前にロシアに頼んで設計図を作ってもらっていたのです。それさえあれば、堀内さんなら短い期間で造ることができます」

「そういうことですか」

納得してから、及川は質問の続きを訊いた。

「そうすると、三・二〇七キロという数字の意味は？」

「首都東京の重点警備の対象範囲が半径三キロ以内だからです。その範囲内は車両から、ごみ箱、さらにはマンホールの中に至るまで徹底的に調べあげます。もちろん、狙撃が可能なビル、建物の屋上も漏れなく調べます。文字通り、ネズミ一匹も通さない警備というわけです。そして、危険が予想される場所には相応の警察官、場所によっては機動隊を配置させます。ですから、それでも狙撃を実行しようとするには、その厳重な警備の外側から狙うしかないわけです。すなわち、三キロ以上を飛ばす能力のあるライフル銃が必要だったということです」

「なるほど」

及川と松村は、同時に感嘆の声を上げた。

「目的を達成するためならどんなことでもする、我々は、そんな奴らを相手にしていたのですね」

二人が、頷き合った。

「先程も言いましたが、そういう相手との公表できない内容なので、今回の件は誰にも口外せずに墓場まで持っていっていただくことになります。あれだけ苦労して成果を上げたにもかかわらず、表彰されることもありません。心苦しいのですが、その点はどうかご理解ください」

「もちろんです。お約束します」

「我々なんかのためにわざわざここまで話しに来てくださって、それだけで充分報われましたから」

二人は顔を見合わせて、しっかりと頷いた。

「ありがとうございます」

礼を言ってから、さらに田代は、思わせぶりに続けた。

「とは言うものの、多少は報われるいいことがあるかもしれませんが」

「えっ、何ですか?」

「教えてください」

「それは、いずれまた、ということで」

田代が一人、笑顔で言った。

田代は、目澤雅治と同様に、この二人の特進も宗方に進言していた。本人には知らされていないが、松村には御殿場署の次期署長が約束されていた。そろって階級が上がる及川も、それでのびのびと仕事ができるに違いなかった。

その時、店内が、わーっ、という客の歓声で沸いた。

テレビで放送されているオリンピックの中継で、日本人選手が活躍する場面が映し出されていたのだ。

「こうやって、無事に開催されてよかった。だけど、その裏でまさかあんなことがあったとは、世間の誰にも知られないわけですね」

松村は、テレビの画像を眺めながら、複雑な表情をしてそう言った。

「はい、そういうことになります」

「それにしても、ガラス片が防弾用だったという報告の電話をいただいた直後にあんな展開があったとは」

及川が言った。

「本当に開会式直前のギリギリのところだったのですね。室長が、犯行現場に乗り込むのが、あと数十分遅かったら、アウトだったわけですから」

「そうですね。前にも話しましたが、四日間の捜査期間の中で、我々が関わって来たいろいろなことのどれか一つでも気を抜いて対処していたら、間に合わなかったでしょうね。最初の場面で言えば、及川さんが落ちていたあの薬きょうの存在をおろそかにしなかったこともしかりです。言い換えれば、すべての場面で全力を尽くしたからこそ、最後の場面で実を結んだということです。すなわち、犯行を阻止できたということです」

「言われてみれば、どの場面でも、経験したことがないほどの大変さでした。求められるスピードと緊張感とでクタクタになりました。でも、今回のことを通して自分が警察官として成長できたことを強く実感しています。表彰なんかよりも、何倍も価値のある経験でした。室長には、心から感謝しています」

及川が、しみじみと振り返った。

「私も、まったく一緒です。息つく間もないほど大変でしたが、今回の件を通して、多くのことを学ぶことができました」

言いながら、松村は、科捜研の廣瀬の言葉を思い出していた。

「そして、これほど充実感を覚えたこともありませんでした。素晴らしい経験をさせていただきました。田代室長には、感謝の言葉以外、何もありません」

松村は、感極まっていた。

「お二人にそこまで言っていただいて、恐縮です。僕の方こそ、感謝の気持ちでいっぱいです。お二人の頑張りがなければ、今回の事案は解決できなかったと思います。僕は、お二人に出会えて本当に幸運でした」

三人のその言葉に、世辞も謙遜もなかった。

「もう一度、乾杯しましょう！」

及川が、ジョッキを掲げた。

三つのそれが、宙で勢いよく弾けた。

再会

翌日、早朝――。

田代水丸が駆る356ロードスターが、東名高速の御殿場インターから名古屋方面に入った。インターメカニカ社によって復刻されているこのスポーツカーは、屋根の部分をオープン状態にして走るのが定番であった。田代は、天気のいい休日になると、この愛車でツーリングを楽しんでいた。もちろん、その時はルーフをオープン状態にして、風との一体感を満喫していた。しかし、この日は天気がいいのにもかかわらず、天井部のルーフを覆せたままだった。とても、そんな気分になれなかったからだ。

五十嵐麻美と連絡が取れないまま、三日が経っていた。

あの事件の直後から、彼女は休暇に入った。メールで来た届け出の書類には「私的理由」とあっただけで、余分な言葉はいっさいなかった。それは、このまま退職するということを暗示していた。彼女は、すべてを精算するために身を引いたのだ。

凰鳥から聞かされた通りの状況になっていた。

昨夜、意を決して彼女にメールを出した。「今回のことで君を責める気持ちは、まったくない。僕の家族の問題に、君は巻き込まれただけなんだ。だから、僕の元に帰ってきて欲しい。僕の人生には、君が絶対に必要なんだ」と。それは、恋愛感情の表現に疎い田代にとっては、精一杯の表現だった。及川たちと呑んだアルコールの力を借りて何とか送ったのだ。何度も書き換え、何度も消しては書いて、そして、送った。

既読にはなっていた。だが、それに対する返事はいまだに来ていなかった。

こんなに辛いドライブは、経験したことがなかった。

やがて、車は伊勢自動車道の伊勢西インターを降りた。

十分ほど街中を走ってから、朝熊ケ岳に登っていく少し手前の広々とした砂利舗装の車寄せに入っていく。

停められている薄茶色のカルマンギアの隣に並んで駐車する。兄はすでに到着しているようだった。

「天照会」の大きな表札がかかる重厚な和風の門の前に、一人の初老の男が待っていた。

「水丸様、ようこそおいで下さいました。真島と申します」

「はじめまして、田代水丸です」

「ご案内します。さあ、どうぞ中に」

案内された大広間に、二人がいた。

「よう」

先に、小さく手を挙げて挨拶してきたのは凰鳥だった。

「やあ、兄さん」

それから、依代に挨拶をしようと、顔を向けた瞬間、立ち上がった彼女が田代に抱きついてきた。

「会いたかった！」

そうひと言だけ言って、抱きついたまま依代は動かなかった。

万感の想いがそうさせていることは、田代にも充分すぎるほど伝わっていた。

想いは田代も一緒だった。

母の匂いがした。懐かしい匂いだった。三〇年間、想い描いていた母親の匂いだった。

それを見る凰鳥は、隣にいる真島に助けを求めるような目線を送った。

真島は、嬉しそうに頷いた。

大団円の縁談

日差しが真上にさしかかっていた。

真島が、屋敷の外に冷たい麦茶のお代わりを運んだ。

芝生の庭に出されている屋外用のテーブルのセットを囲んで、久しぶりの再会を果たした親子の歓談は尽きなかった。

彼女は、三〇年ぶりに、愛する二人の息子に囲まれていた。

長く仕える真島にしても、これほど楽しそうに笑う依代を見るのは初めてだった。

夫の田代幸吉が、過去のいきさつを許してくれたことも、さらに彼女の心を軽くしていた。五日後に、皆でそろって友部に行くことが決まっていた。

麦茶をテーブルに置くと、真島は一礼して、彼女の耳元でそれ伝えた。

「お着きになりました」

依代は、腕時計を見て小さく驚いた。

「あら、もうそんな時間なのね。ここに呼んでください」

「かしこまりました」

依代が、田代に訊いた。

「ところで、水丸。おまえは今、一緒になりたい人はいるの？」

「何だい、急に」

田代が口ごもると、

「母さん、その質問は今のこいつには酷ですよ。実は、こいつはつい最近、大失恋をしたばかりなんです」

凰鳥が、笑いながら言った。

「まあ、そうだったの。それは、ごめんなさいね」

そう言いながらも、依代は笑っていた。

「お父さんは、晩婚だったけれど、おまえまでそうすることはないからね。いい機会だから、おまえに会わせたい娘さんがいるのよ」

「ほう、いいねぇ、縁談かぁ」

凰鳥が合いの手を打った。

「いや、母さん。そういうことだから、今はそういうのはちょっと」

田代のそんな言葉にはおかまいなく、依代が話を続ける。

「私はとても気に入っている娘さんなので、できれば一緒になってもらいたいの。おまえももういい歳なのだから、お父さんが元気なうちにお嫁さんを見せてあげなさい」

「いや、だけど、僕は」

「そうだわ。五日後に皆でお父さんの所へ行く時に、彼女も一緒に呼んであげればいいわ」

悪意がないのはわかるが、母は驚くほど強引だった。

「なるほど、母さん。そいつは、名案だ！」

凰鳥が、さらに嬉しそうに合いの手を打った。

「そ、そんな、いくらなんでも」

田代は二人の一方的な盛り上がりに、とまどうばかりだった。

「もう、ここに呼んであるから、会うだけでも会いなさい。ほら、そう言っているうちに、来た」

庭に続く木立の中から、真島に連れられて一人の女性が姿を現した。

柔かな花柄のワンピースを着て麦わら帽子を被っているその女性が、芝生の中を歩んで来ていた。

その様子を見た田代は、まるで、クロード・モネの絵画のようだと思った。

三人は椅子から立ち上がって、その女性を迎えた。

歩み寄ったその女性が、小さなバラの蕾のリボンをあしらった麦わら帽子を脱いで、深く一礼した。

顔を上げ、ほほ笑んで立つその女性の素顔を見た田代は、驚きを隠せなかった。

「五十嵐君！」

五十嵐麻美だった。

「どういう？」

突然の麻美の登場に、田代の頭は混乱した。

嬉しさと驚きがない交ぜになり、何が起こっているのかがわからなかった。だが、目の前に立つ愛しい女性は明らかにほほ笑んでいた。

眩《まばゆ》いほど優しくほほ笑んでいた。

「母さん。どうして？」

「五十嵐さんは、もう会を辞められたので、普通の一般人のお嬢さんよ。彼女は、私のこの縁談を喜んで受けてくださったけど、肝心のあなたの方はどうなのかしら？」

「どうも、こうも」

「はっきりしろ。どうなんだ、水丸？」

珍しくうろたえる弟に、兄がそれを促した。

「とにかく、ありがとう。母さん！」

事態がわかりつつある田代は、こみあげる嬉しさを隠しきれなかった。

「まあ、そんなに嬉しそうな顔をして、少し妬いてしまうわ。礼なら、火王丸に言いなさい。このアイディアはこの子が考えたのよ」

「ありがとう、兄さん！」

凰鳥が、ニヒルに笑いながら、ウインクをして返した。

「もし、この縁談を受けるなら、五十嵐さんを東京まで送ってあげなさい。嫌なら、タクシーを呼ぶけど」

母は、優しくほほ笑んだ。

「母さん、この縁談、謹んでお受けします！」

田代は、今度は迷わず即答した。

風を受けて

三〇分後――。

天井部をフルオープンにした356ロードスターが、伊勢西インターから伊勢自動車道の名古屋方面に入った。

助手席の麻美は、麦わら帽子を脱いで風にその身を任せた。

セミロングの髪が、風と共に後ろに流れて行った。

この上なく、爽やかな風だった。

(了)

本作品はフィクションであり、登場人物・団体名等は全て架空のものです。実在する人物・団体とは一切関係ありません。

◎論創ノベルスの刊行に際して

本シリーズは、弊社の創業五〇周年を記念して公募した「論創ミステリ大賞」を発火点として刊行を開始するものである。

公募したのは広義の長編ミステリであった。実際に応募して下さった数は私たち選考委員会の予想を超え、内容も広範なジャンルに及んだ。数多くの作品群に囲まれながら、力ある書き手はまだまだ多いと改めて実感した。

私たちは物語の力を信じる者である。物語こそ人間の苦悩と歓喜を描き出し、人間の再生を肯定する力があるのではないか。世界的なパンデミックや政情不安に覆われている時代だからこそ、物語を通して人間の尊厳に立ち返る必要があるのではないか。

「論創ノベルス」と命名したのは、狭義のミステリだけではなく、広義の小説世界を受け入れる私たちの覚悟である。人間の物語に耽溺する喜びを再確認し、次なるステージに立つ覚悟である。作品の刊行に際しては野心的であること、面白いこと、感動できることを虚心に追い求めたい。

読者諸兄には新しい時代の新しい才能を共有していただきたいと切望し、刊行の辞に代える次第である。

二〇二二年一一月

安斉幸彦（あんざい・ゆきひこ）

1958年、東京生まれ、東京育ち。日本体育施設協会の上級体育施設管理士の資格を持ち、2021年に開催された東京オリンピック大会においても多数の競技施設の建設にかかわる。同時に、スポーツ施設の研究や講演活動も行っている。近年は、自身が嗜むクレー射撃を題材にした小説の創作活動にも意欲的に取り組んでいる。

千年捜査《せんねんそうさ》　〔論創ノベルス008〕

2023年11月25日　初版第1刷発行

著者	安斉幸彦
発行者	森下紀夫
発行所	論創社
	〒101-0051　東京都千代田区神田神保町2-23　北井ビル
	tel. 03（3264）5254　fax. 03（3264）5232　https://ronso.co.jp
	振替口座　00160-1-155266
装釘	宗利淳一
組版	桃青社
印刷・製本	中央精版印刷

ISBN978-4-8460-2299-0